KB200934

Classic Books

키다리 아저씨

옮긴이 **오경인**

부산 교육대학교 미술교육학과를 졸업한 뒤 현재 서울 정덕초등학교 선생님으로 있습니다. 번역서로는 『오페라의 유령(참사랑 문고)』이 있는데요, 앞으로도 아이들을 위한 따뜻한 내용의 책들을 많이 내고 싶으시답니다.

그린이 **윤진경**

국민대학교 의상디자인학과를 졸업했습니다. 많은 잡지와 광고, 신문 등에 일러스트를 그리고 있는데요, 의상디자인 전공자답게 그림 하나하나에 생생함과 발랄함이 가득합니다. 그림을 그린 주요 단행본으로는 『내 아이 영어도사 만들기』, 『김동수의 핸드백엔 먹을 것이 가득하다』, 『히말라야에 두고 온 내 남편 열두 명』, 『오석태의 우리 아이 영어감각 깨우기』 등등 다수가 있습니다.

키다리 아저씨

초판 1쇄 발행 2002년 8월 28일
초판 8쇄 발행 2007년 7월 13일

지은이 진 웹스터
옮긴이 오경인
그린이 윤진경(http://tomystudio.com)
펴낸이 유재희
펴낸곳 도서출판 느낌표
등록번호 제19-0171호
주소 / 서울특별시 노원구 월계1동 26-32호
전화 / 972-9834 팩스 / 972-9835
e-mail / tofeel21@hanmail.net

잘못된 책은 바꿔드립니다.

ISBN 978-89-952857-3-7 03840

Classic Books

키다리 아저씨

진 웹스터 지음 ★ 오경인 옮김 ★ 윤진경 그림

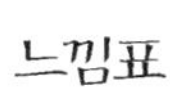

키다리 아저씨

사랑하는 그대에게

우울한 수요일

매달 첫째 주 수요일은 정말 끔찍한 날이다. 그 날은 두려움을 가지고 기다려야 하고, 용기를 가지고 인내해야 하며, 재빨리 완벽하게 잊어야 하는 그런 날이다. 각 층마다 바닥에 얼룩 하나 없어야 하고, 의자에 먼지 한 점, 침대에 구김 하나 없이 깨끗해야 한다. 97명의 어린 고아들은 박박 씻겨지고, 머리도 깔끔하게 빗어 넘겨야 하며, 깨끗하게 풀먹인 옷을 입어야 한다. 그리고 이사님들의 질문에 "네, 그렇습니다" 또는 "아니오, 그렇지 않습니다"라고만 대답해야 한다. 그 이상의 말을 하면 경고를 받게 된다.

고아원에서 제일 나이가 많은 제루샤 애벗은 매달 첫째 주 수요일만 되면 정말이지 너무나 괴롭다. 이 모든 일을 다 처리해야 하기 때문이다. 어쨌든 이번에도 특별한 첫째 주 수요일에 대비한 준비를 무사히 마쳤다. 제루샤는 수요일의 특별 손님들을 대접하기 위해 샌드위치를 만든 뒤 부엌을 나와 평소 자신이 하던 일을 마무리하기 위해 위층으로 올라갔다.

그녀가 책임지고 있는 방 F실은 네 살부터 일곱 살까지의 어린 꼬마들이 있는 곳으로, 11개의 침대가 가지런히 놓여 있다. 제루샤는 아이들의 구김 간 옷을 펴 주고 코를 닦아 준 뒤 빵과 우유, 말린 푸딩을 먹을 수 있는 30분 간의 즐거운 저녁식사를 위해 아이들을 줄 세워 식당으로 데리고 갔다.

그리고 제루샤는 창가에 앉아 차가운 유리에 머리를 기대고 다시 기운을 차렸다. 제루샤는 새벽 5시부터 신경질적인 원장의 지시에 따랐고, 모든 사람들의 심부름을 도맡아 바삐 움직여야 했다. 원장인 리펫 부인은 여자 방문객이나 이사들이 올 때는 차분하고 점잖게 행동하지만, 원래는 전혀 그런 사람이 아니다. 제루샤는 고아원의 경계를 표시하는 쇠울타리 너머에 자리한 얼어붙은 넓은 잔디밭을 바라보았다. 물결치는 산등성이 아래로 듬성듬성 집들이 있었고, 앙상한 나뭇가지 사이로 교회 첨탑이 보였다.

이번 첫째 주 수요일도 무사히 지나갔다. 이사들과 방문객들은 고아원을 순시한 뒤 보고서를 읽고 차를 마셨다. 그러고는 그들에겐 지겨운 존재인 고아원을 한 달간 잊고 지내기 위해 서둘러 그들의 즐거운 집으로 돌아갔다. 제루샤는 창가에 기댄 채 고아원을 빠져나가는 마차와 자동차의 움직임을 호기심 어린 눈으로 바라보았다. 그녀는 머릿속으로 마차와 자동차들이 언덕길을 지나 큰 집으로 들어가는 모습을 상상했다. 그리고 털 코트를 입고 깃털로 장식된 벨벳 모자를 쓴 채 자동차 뒤 의자에 기대어 앉아, 운전 기사에게 냉담한 목소리로 "집으로 가요"라고 말하는 사람들의 모습을 상상했다. 그러나 이런 그녀의 상상은 집에 다다라 문 앞에 서면 이내 희미해져 버린다.

제루샤는 풍부한 상상력을 지닌 소녀였다. 그래서 리펫 부인은 그녀에게 조심하지 않으면 문제가 생길 것이라고 늘 충고했다. 그러나 풍부한 상상력을 지닌 제루샤도 집 앞의 현관에 서면 아무 생각도 떠오르지 않았다. 항상 무언가를 갈망하고 모험을 즐기는 17세의 불쌍한 소녀 제루샤는 한 번도 고아원이 아닌 평범한 집안을 본 적이 없었기에 고아들과는 다른 일반 사람들의 생활을 상상할 수가 없었던 것이다.

제-루-샤 애 - 벗
사무실에서 찾고 있습니다.
빨리 가 보세요.

합창단원인 토미 딜런이 노래를 부르며 계단을 올라왔다. 복도를 따라 방 F실에 다다르자 목소리는 점점 더 크게 들렸다. 그 소리를 들으며 창문에서 몸을 뗀 제루샤는 또 다시 고통스런 현실로 돌아왔다.

"누가 나를 찾는다고?"

그녀는 걱정스런 말투로 토미의 노래를 잘랐다.

사무실에서 원장님이 찾고 있어요.
제 생각에는 그녀가 화가 난 것 같아요.
아 - 멘!

토미는 모든 일에 무감각해진 어린 고아였지만, 화가 난 원장에게 불려 가는 제루샤에게 동정심을 느꼈는지 평상시의 심술궂은 말투가 아니었다. 제루샤는 때때로 토미의 팔을 잡아당겨 그의 코가 떨어질 정도로 세게 닦아 주기도 했다. 그래도 토미는 제루샤를 무척 좋아했다.

제루샤는 더 이상 아무 말 없이 원장에게 갔지만, 그녀의 이마에는 두 줄의 주름살이 생겼다. '뭐가 잘못된 걸까?' 제루샤는 궁금했다. '샌드위치가 두꺼웠나? 호두 케이크에 껍질이 있었나? 여자 방문객 중 누가 수지 호손의 구멍난 스타킹을 본 건가? 아니면…… 이런! 방 F실의 한 철부지가 이사님께 말대꾸를 한 거 아니야?'

아래층의 기다란 홀은 아직 불이 켜지지 않은 상태였다. 그녀가 계단 아래로 내려갈 때 마지막 한 명의 이사가 주차장으로 가기 위해 출입문을 나서는 모습이 보였다. 제루샤는 잠깐 동안 그 남자를 살펴볼 수 있었다. 그 사람의 첫인상은 키가 무척 크다는 것이었다.

그는 굽어진 길에서 기다리고 있던 차를 향해 손을 흔들었다. 차가 가까이 다가오는 잠깐 동안 헤드라이트 불빛이 정면에서 비추어 벽 안쪽으로 그 남자의 그림자가 선명하게 비추었다. 그 그림자는 통로의 벽과 마루를 따라 이상할 정도로 길게 드리워졌는데, 특히 긴 팔과 다리가 괴이하게 보였다. 마치 흐느적대며 거니는, 다리가 긴 거대한 거미 같았다.

제루샤의 근심은 금세 웃음으로 바뀌었다. 그녀는 천성적으로 밝은 성격이었기 때문에 즐거워질 수 있는 어떤 작은 일도 놓치는 법이 없었다. 위압감을 주는 이사에게서 흥밋거리를 찾아낼 수 있다는 것은 뜻밖의 수확이었다. 이 조그마한 일로 다시 유쾌해진 그녀는 사무실로 향했고, 웃음 띤 얼굴로 리펫 원장을 만날 수 있었다. 그런데 원장의 얼굴도 정확하게 웃고 있다고는 말할 수 없었지만, 거의 방문객을 대할 때처럼 상냥한 얼굴을 하고 있었다.

"제루샤, 거기 앉으렴. 네게 할 얘기가 있다."

제루샤는 숨도 제대로 쉬지 못한 채 가까이 있는 의자에 앉아 원장이 다음 말을 하기를 기다렸다. 자동차 불빛이 창을 비추며 지나갔다. 리펫 원장은 그것을 흘깃 쳐다보았다.

"방금 나간 한 신사 분을 보았겠지?"

"네, 뒷모습만요."

"그 분은 우리 고아원에 큰 돈을 기부하는 아주 부유한 이사님이시란다. 그 분은 자신의 이름이 밝혀지는 걸 원치 않으시기 때문에 너에게 이사님의 이름을 말할 순 없구나."

제루샤의 두 눈은 둥그래졌다. 부유한 어느 한 이사의 별난 성격을 듣기 위해 사무실에 불려 왔다는 사실에 익숙지 않았기 때문이다.

"그 분은 우리 고아원의 소년 몇 명을 돌봐 주고 계시단다. 찰리 벤턴과 헨리 프로이즈 기억하지? 그 둘 모두 저, 아니 이사님이 대학까지 보내 주셨지. 그들은 열심히 공부해서 성공했고, 그 분에게 보답을 하려고 했단다. 그러나 이사님은 사심 없이 돈을 쓴 것이기 때문에 다른 보상은 원치 않는다고 하시더구나. 그런데 지금까지 이런 자선은 모두 소년들을 위한 것이었어. 내가 교육을 받을 만한 소녀들에 대해 몇 번 말해 봤지만 전혀 관심을 두지 않으셨지. 아마 그 분은 소녀들을 좋아하시지 않는 것 같아."

"그런가 봐요."

제루샤는 중얼거렸다. 이때쯤 한 번 반응을 해 줘야 할 것 같았기 때문이다.

"오늘 회의시간에 너의 장래에 대한 이야기를 나누었단다."

리펫 원장은 잠시 침묵하다가 낮은 목소리로 말을 이었다. 잠깐 동안의 침묵이 제루샤를 긴장하게 만들었다.

"너도 알다시피 보통 16세가 넘으면 이 곳에 머무를 수 없는데 너는 예외였어. 너는 이 곳의 교육을 14세 때 마쳤고 공부를 잘했지. 물론 행동 면에서는 좋았다고 말할 수 없지만. 어쨌든 너는 이 곳에서 마을의 고등학교를 다녔고 지금은 그 과정을 모두 마쳤다. 그래서 우리 고아원에선 더 이상 너를 도와 줄 수 없단다. 결과적으로 너는 2년 정도 더 여기에 머문 거니까."

리펫 원장은 제루샤가 2년 동안 숙식을 위해 열심히 일한 것을 무시했다. 제루샤에게는 고아원의 편의가 우선이었고 공부가 그 다음이었다. 최근 몇 주 동안은 하루 종일 고아원 청소를 하고 있었다.

"아까 말한 것처럼 너의 장래에 대한 논의가 있었고, 너의 기록이 철저하게 검토되었단다."

리펫 원장은 피고석의 죄수를 바라보는 듯한 비난조의 눈으로 제루샤를 쳐다보았다. 제루샤는 눈에 띌 만한 자신의 오점을 기억할 수 없었지만 그녀를 바라보는 원장의 눈빛은 유죄를 확신하는 것처럼 보였다.

"물론 너 같은 형편에 있는 아이에겐 직업을 찾아 주는 것이 좋겠지만, 고등학교에서 몇몇 과목의 성적이 좋았더구나. 특히 영어 성적은 뛰어났고. 우리 고아원의 방문 위원이시자 고등학교의 위원이시기도 한 프리처드 씨가 너의 수사학(웅변술) 선생님과 너에 관해 이야기를 하셨단다. 그녀는 또한 네가 쓴 「우울한 수요일」이란 수필을 큰소리로 읽으셨지."

이때 제루샤는 정말 죄수의 표정이 되었다.

"넌 지금까지 너를 위해 많은 것을 해 준 이 고아원에 대해 감사는커녕 고아원 전체를 웃음거리로 만들었어. 만약 네가 그 글을 재미있게 쓰지 않았다면 난 너를 용서치 않았을 거다. 그런데 운 좋게 저, 아니 방금 나가신 그 분이 풍부한 유머감각을 지니신 것 같더구나. 그 무례한 글을 읽고 너를 대학에 보내 주기로 결정하신 걸 보면."

"대학이라고요?"

제루샤의 눈이 휘둥그래졌다.

리펫 원장은 고개를 끄덕였다.

"너를 대학에 보내는 것에 대해 상의하기 위해 좀더 머물러 계셨던 거야. 그 분은 좀 엉뚱하신 것 같단 말이야. 너의 글이 독창적이라니. 아무튼 그 분은 네가 대학에서 공부해서 훌륭한 작가가 되었으면 한다는구나."

"작가라고요?"

제루샤는 아무 생각도 할 수 없었고, 오로지 리펫 원장의 말을 반복할 뿐이었다.

"그 분의 바람이라는 거야. 어떤 결과가 나올지는 두고 봐야 하겠지만. 그는 너에게 많은 돈을 후원해 주실 거다. 정말 너무도 후하지. 지금까지 그 어떤 소녀도 그런 보살핌을 받지 않았다는 걸 알아둬야 할 거야. 그리고 그 분은 내가 어떤 제안도 할 수 없을 정도로 매우 치밀한 계획을 짜 두셨더구나. 이번 여름까지 너는 여기에 머무를 수 있다. 그리고 프리처드 씨가 너의 채비를 도와 줄 거야. 기숙사비와 수업료는 대학에 정확히 지불되고, 대학 4년 동안 한 달에 35달러씩 꼬박고박 용돈을 받게 될 거고. 그 정도면 다른 학생들처럼 생활하는데 전혀 부족하지 않지. 그 돈은 그 분의 개인 비서가 한 달에 한 번씩 너에게 보내 줄 거고, 그것을 받으면 넌 한 달에 한 번씩 편지를 써야 한다. 돈을 보내 준 것에 대한 감사의 편지가 아니란다. 그 분은 감사의 편지를 원하는 것이 아니라 너의 학업 진행 상태와 너의 일과를 알고 싶어하시는 거야. 만일 너의 부모님이 살아 계시다면 그 분들에게 편지를 쓰는 것처럼 말이지."

리펫 원장은 침을 한 번 꼴깍 삼키고 말을 이었다.

"편지에는 '존 스미스 씨께'라고 적으면 된다. 그러면 그 분의 비서가 전해 줄 거야. 물론 그 분의 본명은 존 스미스가 아니지만 이름을 밝히길 원하지 않기 때문에 어쩔 수가 없구나. 그 분은 너에게 자신이 존 스미스라는 것 외에는 다른 어떤 이야기도 하지 않으실 거다.

그 분이 네가 편지를 쓰기 바라는 것은, 편지를 씀으로써 문학적 표현력이 더 풍부해지지 않을까 싶어서야. 너에게는 연락할 가족이 없으니까 이런 방법으로라도 글을 쓰길 바라시는 거지. 물론 너의 학업 진행 과정과 성취도를 알고 싶어서이기도 하단다. 그러나 그 분은 너의 편지에 결코 답장을 하지 않으실 거고, 어떤 특별한 관심도 보이지 않으실 거야. 그 분은 편지 쓰는 것을 몹시 싫어할 뿐 아니라 네가 부담을 갖게 되는 것을 원치 않으시니까. 만약 긴급한 일이 발생해서 연락을 해야 한다면, 그런 일은 없겠지만 혹시 쫓겨나는 일이 생긴다거나 한다면 그의 비서인 그리그스 씨에게 연락을 취하면 된단다.

한 달에 한 번 꼭 편지를 써야 한다는 것만 잊지 말아라. 그건 존 스미스 씨가 요구한 유일한 조건이니까. 네가 그 분에게 편지를 쓰는 것은 감사에 대한 답례이기도 하니까 최대한 정중하게 편지를 써야 한다. 그건 너를 지금까지 가르친 우리 고아원의 신용에도 영향을 끼치는 문제니까, 항상 정중한 말투로 편지를 써야 한다는 사실을 명심해야 한다, 알았지? 그리고 '존 그리어 고아원'의 이사님께 편지를 쓰고 있다는 사실을 마음속 깊이 새겨 두고."

제루샤는 한참 동안 문을 쳐다보았다. 그녀는 몹시 흥분한 상태였고 리펫 원장의 장황하고 늘어지는 설명으로부터 벗어나고 싶다는 생각뿐이었다. 제루샤는 의자에서 일어나 조금 뒤로 물러섰다. 리펫 원장은 그런 그녀를 좀더 머무르게 했다. 지금 이 자리가 원장 자신이 그리도 좋아하는 연설을 할 수 있는 좋은 기회였기 때문이다.

"난 네가 지금 너에게 떨어진 매우 드문 행운에 감격했을 거라 생각한다. 너 같은 처지에 있는 소녀들에게 이런 기회가 오기란 쉽지 않은 일이니까. 넌 그 사실을 항상 기억해야 하고……."

"네, 원장님 잘 알겠습니다. 감사합니다. 그리고 그것이 전부라면 저는 이만 가 보겠습니다. 프레디 퍼킨스의 바지를 수선해야 하거든요."

제루샤는 원장실을 나왔다. 리펫 원장은 공중에 떠 버린 자신의 말을 떠올리며 멍하니 닫힌 문만 바라보았다.

제루샤 애벗이
키다리 아저씨께 보낸 편지

퍼거슨관 215호실에서, 9월 24일

고아들을 대학에 보내 주시는 친절한 이사님께.

드디어 대학에 도착했습니다. 어제 4시간 동안 기차를 탔어요. 처음 타 본 기차라 매우 흥미로웠습니다.

대학은 정말 크고 멋진 곳이어서 사람을 어리둥절하게 만들어요. 저는 방을 나설 때마다 길을 잃고 만답니다. 흥분이 좀 가라앉으면 대학과 수업에 대해 자세히 말씀드릴게요. 지금은 토요일 밤이고 수업은 월요일 아침부터 시작합니다. 하지만 저는 아저씨와 친해지고 싶다는 생각에 이렇게 먼저 편지를 씁니다.

누구인지도 모르는 사람에게 편지를 쓴다는 것은 참 묘한 기분이 들게 하네요. 하지만 저는 편지를 쓰고 있다는 것 자체에 더 큰 묘함을 느낀답니다. 저는 지금까지 서너 번 정도의 편지를 써 봤을 뿐이거든요. 그러니 제 편지가 양식에 맞지 않더라도 너그럽게 봐 주세요.

어제 아침 고아원을 떠나기 전, 리펫 원장님과 중요한 이야기를 나누었습니다. 앞으로 제가 어떻게 살아야 하는지, 그리고 많은 친절을 베풀어 주신 신사 분께 어떻게 행동해야 하는지 자세히 말씀해 주셨어요. 매우 정중하고 예의 바르게 행동하도록 노력하겠습니다.

그런데 이상하게도, 존 스미스 씨라고 불리길 원하는 분에게 어

떻게 정중하게 대할 수 있을까라는 생각이 자꾸 드네요. 왜 좀더 개성 있는 이름을 선택하지 않으셨나요? 차라리 '말뚝 씨' 나 '빨래판 씨' 에게 편지를 쓰는 게 더 나을 것 같은데.

이번 여름에 아저씨에 대해 많은 것을 생각해 봤습니다. 지금까지 고아원에서 자라 아무도 관심을 가져 준 적이 없는 저에게 누군가가 관심을 가져 준다고 생각하니 가족을 발견한 듯한 기분이 들어요. 그것은 제가 누군가에게 속해 있다는 안정감을 주어 매우 편안한 느낌까지 들게 하지요. 그런데 아저씨를 떠올릴 때면 제 상상력도 소용이 없습니다. 제가 아저씨에 대해 알고 있는 사실은 단 세 가지뿐이거든요.

1. 아저씨는 키가 큽니다.
2. 아저씨는 부자입니다.
3. 아저씨는 여자아이들을 싫어합니다.

그래서 저는 아저씨를 '소녀를 혐오하는 아저씨' 라고 부를까 생각했지만, 그것은 저 자신에게 모욕적인 것 같았어요. 그래서 '부자 아저씨' 라고 부르려고 하니, 그것은 마치 아저씨가 가진 것 가운데 가장 중요한 것은 돈이라는 생각이 들게끔 해서 아저씨께 모욕이 될 것 같더라고요. 게다가 부자라는 것은 표면적인 특징에 불과하잖아요. 어쩌면 아저씨는 평생 부자로 있지 않을 수도 있고요. 똑똑한 사람들도 월 스트리트에서 파산할 수 있다는 얘기를 저도 많이 들었거든요.

하지만 아저씨가 키가 크다는 것은 평생 변하지 않을 특징이어서 저는 아저씨를 '키다리 아저씨' 라고 부르기로 했답니다. 아저씨가 이 애칭을 싫어하지 않으셨으면 좋겠네요. 그리고 이것은 우리 두 사람 사이에서만 통하는 애칭이니까 리펫 원장님에게는 말하지 않기로 해요.

2분 후면 10시 종이 울릴 거예요. 우리의 생활은 종소리로 구분지어집니다. 우리는 종소리에 맞추어 자고, 먹고, 공부를 하지요. 종소리는 매우 활기 차서, 그 소리를 들을 때마다 소방차용 말이 된 듯한 기분이에요. 아, 종이 울렸어요. 잠시 뒤면 불이 꺼질 거예요. 안녕히 주무세요.

제가 얼마나 규칙을 잘 지키는지 아시겠지요? 이게 다 존 그리어 고아원에서 훈련을 받은 덕분이랍니다.

아저씨를 존경하는, 제루샤 애벗으로부터.

– 나의 키다리 아저씨 스미스 씨 앞. –

10월 1일

키다리 아저씨께.

저는 대학이 너무 좋아요. 그리고 저를 이 곳으로 보내 주신 아저씨도 너무 좋고요. 매 순간이 정말 행복해서 잠도 잘 오지 않을 정도랍니다. 아저씨는 이 곳이 존 그리어 고아원과 얼마나 다른지 상상조차 못하실 거예요. 저는 이 곳을 꿈에서조차 그려 보지 못했어요. 여자로 태어나지 못한 사람들과 여자로 태어났어도 이 곳에 오지 못한 여자아이들이 불쌍하다는 생각이 들 정도라니까요. 아저씨가 젊었을 때 다니셨던 대학도 이 곳만큼 좋지는 않았을 거예요, 분명히.

제 방은 새로운 진료소를 짓기 전까지 전염 병동으로 사용했던 탑의 위쪽에 있습니다. 저는 같은 층에서 3명의 다른 소녀들과 생활해요. 한 명은 커다란 안경을 쓰고 항상 우리에게 조용히 해달라고 말하는 4학년생이고, 두 명은 샐리 맥브라이드와 줄리아 러틀리지 펜들턴이라는 신입생이에요. 샐리는 빨간 머리에 들창코인데 무척 친절합니다. 줄리아는 뉴욕 명문가의 딸로 저를 거들떠보지도 않아요. 샐리와 줄리아는 같은 방을 쓰고 4학년생과 저는 독방을 사용합니다. 방이 부족하여 신입생은 보통 독방을 사용할 수 없지만, 저는 웬일인지 따로 요청하지 않았는데도 독방을 사용하게 되었답니다.

아마 학생처에서 정상적인 집안에서 자란 소녀들과 저 같은 고아가 한 방을 쓰는 것은 옳지 않은 일이라고 판단했나 봐요. 고아라는 사실이 이점이 될 수도 있다는 것을 처음 알았습니다.

2개의 창문이 있는 제 방은 전망이 좋은 북서쪽 모퉁이에 자리하고 있습니다. 18년 동안 20명의 아이들과 함께 생활하다 혼자 지내게 되니 무척 편안한 느낌이 들어요. 이것은 제루샤 애벗과 친해질 수 있는 아주 좋은 기회인 것 같아요. 저는 그녀가 좋아질 것 같습니다.

아저씨도 그렇게 생각하시나요?

화요일

신입생 농구팀을 뽑는데 어쩌면 저도 그 팀에 들어갈 것 같아요. 저는 비록 작지만 아주 재빠르고 끈기 있고 강인한 체력을 지녔거든요. 다른 사람들이 점프하는 동안 저는 재빨리 그들의 다리 밑으로 가서 공을 낚아챌 수 있답니다.

화창한 오후, 운동장에서 농구 연습을 하는 것은 아주 재미있어요. 나무는 노랗고 빨갛게 물들어 있고, 낙엽을 태우는 냄새가 온 세상에 가득한 그 곳에서 우리 모두는 웃고 떠들고 소리칩니다. 그들은 제가 이제까지 본 사람들 가운데 가장 행복한 소녀들이에요. 그

중에서도 제일 행복한 사람은 제루샤 애벗, 바로 저랍니다.

제가 배우고 있는 모든 것을 아저씨께 알려 드리기 위해 긴 편지를 쓰려고 했지만(리펫 원장님이 아저씨께서 알고 싶어하신다고 하셔서요), 지금 막 일곱째 시간의 종이 울렸어요. 10분 안에 체육복으로 갈아입고 운동장으로 나가야만 합니다. 제가 농구팀이 되기를 바라시나요?

당신의 변함 없는, 제루샤 애벗으로부터.

PS.(9시) 샐리 맥브라이드가 지금 막 제 방문으로 얼굴을 들이밀고 이렇게 말했어요.

"난 집이 그리워 못 견디겠어. 넌 그렇지 않니?"

저는 웃으며 "아니, 난 견뎌 낼 수 있을 것 같아"라고 말했답니다. 적어도 향수병은 걸리지 않을 자신이 있어요! 저는 아직 고아원을 그리워하는 병에 대해서는 들어 본 적이 없거든요. 아저씨는 혹시 들어 보셨나요?

10월 10일

키다리 아저씨께.

미켈란젤로에 대해 들어 본 적 있으신가요?

그는 중세시대 이탈리아에 살았던 유명한 화가입니다. 영문학을 공부하는 학생들은 다 아는 것 같더라고요. 그런데 제가 강의시간에 그를 대천사라고 생각한다고 했더니 모두들 웃음을 터뜨렸습니다. 아저씨는 그의 이름이 대천사(아크엔젤)처럼 들리지 않나요? 대학 생활에서 가장 곤란한 것은 제가 지금까지 배우지 않은 많은 것들을 제가 이미 다 알고 있으리라 생각하고 있다는 점이에요. 그것이 가끔 당황스럽게 만들지요. 그래서 지금은 다른 친구들이 제가 모르는 것을 이야기할 때면 잠자코 듣고 있다가 나중에 백과사전을 찾아보고 있습니다.

저는 첫날 아주 끔찍한 실수를 했어요. 누가 모리스 메테를링크에 대해 말하기에 저는 그녀가 신입생이냐고 물었지요. 이 우스운 이야기는 순식간에 대학에 퍼졌습니다. 하지만 저는 저희 반의 다른 학생들처럼 총명해요. 그리고 확실하건대, 그들 중 몇 명보다 더 총명합니다.

제 방에 있는 가구들에 대해 알고 싶지 않으세요? 제 방은 갈색과 노란색이 절묘한 조화를 이루고 있답니다. 벽은 옅은 갈색으로

칠해져 있고, 노란 무명커튼이 드리워져 있지요. 그리고 마호가니 책상을 하나 샀어요(3달러짜리 중고품이에요). 등나무 의자와 중간에 잉크 자국이 있는 갈색 융단도 샀고요. 잉크 자국이 있는 곳에 그 의자를 두었답니다.

창문은 모두 높아서 보통 높이의 의자로는 밖을 내다볼 수가 없어요. 그래서 옷장 뒤에 있는 나사를 풀어 거울을 떼어 내고 천을 씌운 뒤 창가로 옮겼지요. 그 옷장은 창문 의자로 사용하기에 아주 적당한 높이거든요. 옷장 서랍을 열어 계단으로 이용한답니다. 아주 편리하고 안정적이에요!

샐리 맥브라이드가 졸업생 물품 경매장에서 물건을 고르는 것을 도와 주었어요. 그녀는 일반 가정에서 자랐기 때문에 가구 배치에 대해서 잘 알고 있더라고요. 지금까지 동전 한 닢 이상 가져 본 적이 없는 제가 5달러짜리 지폐로 물건을 사고 거스름돈을 받는다는 것이 얼마나 즐거운 일인가 상상조차 못하실 거예요. 아저씨, 저에게 용돈을 보내 주셔서 정말 감사합니다.

샐리는 세상에서 가장 유쾌한 아이예요. 줄리아 러틀리지 펜들턴은 완전히 반대고요. 그런 두 사람이 같은 방을 사용하게 된 것이 묘한 인연이라고 생각될 뿐이에요. 샐리는 세상 모든 일이, 심지어 낙제하는 것조차 재미있다고 생각한답니다. 반면 줄리아는 모든 것에 금방 싫증을 내는 타입이지요. 그녀는 다른 사람들에게 호감을 사려는 노력을 전혀 하지 않아요. 그녀는 펜들턴 가의 사람이라는 사실만으로, 다른 어떤 시험 없이 천국에 갈 수 있다고 생각하거든요. 줄리아와 저는 서로 적이 되기 위해 태어난 게 아닌가 싶어요.

제가 대학에서 무엇을 배우고 있는지 궁금하시지요?

1. 라틴어 : 제2차 포에니 전쟁. 한니발이 이끄는 군대는 지난밤 트라시메누스 호수에 진을 쳤습니다. 그들은 로마군을 기습하려 했고 오늘 새벽 4시에 전투가 벌어졌으며 로마군은 후퇴하고 있습니다.
2. 프랑스어 : 『삼총사』의 24쪽과 불규칙 동사의 제3변화.
3. 기하학 : 원기둥을 끝내고 원뿔을 배우고 있어요.
4. 영어 : 설명법을 배우고 있어요. 제 문체는 눈에 띄게 향상되어서 나날이 간결하고 명확해지고 있답니다.
5. 생리학 : 소화기간에 들어갔어요. 다음 시간에 쓸개와 췌장에 대해 배울 거예요.

열심히 교육을 받고 있는, 제루샤 애벗으로부터.

PS. 아저씨는 술을 드시지 않겠지요? 술은 건강에 무척 해로우니까요.

키다리 아저씨께.

제 이름을 바꿨습니다.

대학 명부에는 '제루샤' 라는 이름이 그대로 적혀 있어서 강의 시간에는 아직 제루샤라고 불리지만, 그 외의 곳에서는 모두들 저를 '주디' 라고 부른답니다. 처음 가지는 애칭을 자신이 직접 짓는다는 것은 참 서글픈 일이에요. 하지만 주디라는 이름을 온전히 저 혼자 지어낸 것은 아닙니다. 프레디 퍼킨스가 말을 제대로 못할 때 저를 불렀던 이름이 바로 '주디' 거든요.

저는 리펫 원장님이 아이들의 이름을 지을 때 좀더 신경을 쓰셨으면 좋겠어요. 원장님은 전화번호부에서 성을 따옵니다. 애벗이란 성은 첫 장에서 찾을 수 있지요. 그리고 어떤 곳이든 기독교적 성향의 이름만 있으면 그대로 따온답니다. 제루샤라는 이름은 무덤의 비석에서 따온 거래요. 저는 제 이름이 마음에 들지 않았습니다. 하지만 주디란 이름은 좀 좋아질 것 같아요. 조금 우스운 일이지요? 주디는 저와는 전혀 다른, 즉 가족들로부터 귀여움과 사랑을 받으면서 아무 걱정 없이 살아온 파란 눈을 가진 귀여운 소녀에게 어울릴 것 같은 이름이잖아요. 그렇게 산다면 얼마나 좋을까요? 제가 어떤 잘못을 저질러도 가족들에게 어리광을 부리는 저를 무섭게 비난할 사

람은 없을 거예요. 한편으로는 제가 그렇게 자란 척하는 것도 재미있는 일일 것 같다는 생각이 들어요. 그러니까 앞으로는 저를 주디라고 불러 주세요.

재미있는 일을 또 하나 알려 드릴까요? 저는 세 벌의 가죽장갑을 가지고 있어요! 크리스마스 트리에 걸려 있던 벙어리 장갑을 가져 본 적은 있어도 다섯 손가락이 다 있는 가죽장갑을 껴 본 적은 한 번도 없었어요. 그래서 틈만 나면 그것을 꺼내 껴 본답니다. 교실에서까지 그것을 끼고 있을 수는 없으니까요.

저녁식사 종이 울렸네요. 그럼 안녕히 계세요.

금요일

아저씨 어떻게 생각하세요? 영어 선생님이 지난번에 제출한 저의 작문이 놀라울 정도로 독창적이라고 하셨어요. 정말 그렇게 말씀하셨어요! 저는 선생님의 말을 그대로 옮긴 겁니다. 18년 간 교육 받은 것을 생각해 보면, 이런 일이 저에게 생긴다는 것은 불가능한 일인 것 같아요. 그렇지 않나요? 존 그리어 고아원의 목적은, 아저씨도 아실 거고 찬성하고 계시겠지만, 97명의 고아들을 쌍둥이로 만드는 거예요. 저에게서 보여지는 비범한 예술적 재능은, 어렸을 때 나무문에 초크로 리펫 원장님을 그렸던 일에서 비롯된 겁니다.

제 입으로 제가 자란 곳을 비난하는 것에 마음 상해하지 않으셨으면 해요. 아저씨는 저보다 우월한 위치에 있으시니 제가 너무 건방지면 언제라도 돈 지불을 중단하실 수 있을 겁니다. 물론 이렇게 말하는 것이 예의에 어긋난다는 것은 알지만, 제가 항상 예의 바르게 행동하길 바라는 것은 무리라고 봐요. 고아원은 숙녀를 양성하는 곳은 아니니까요.

대학에서 가장 어렵게 느껴지는 것은 까다로운 공부가 아니라 바로 재미있게 노는 거예요. 저는 다른 친구들이 주고받는 이야기의 절반은 이해하지 못하지요. 그 이야기는 저를 제외한 다른 모든 사람들이 공유할 수 있는 과거와 관련된 것들이거든요. 그럴 때면 마치 제가 딴 세상 사람이 된 듯한 기분이 듭니다. 참 비참한 기분이지요. 하긴 이런 기분은 전에도 느껴 본 적이 있어요. 고등학교 때 다른 소녀들이 무리 지어 저를 쳐다보곤 했어요. 저는 그들과 달랐고, 모두들 그것을 알고 있었으니까요. 제 얼굴에 '존 그리어 고아원' 이라는 말이 써 있다고 느껴질 정도였어요. 어떤 때는 동정심 많은 아이들이 다가와 친절하게 무언가를 말하곤 했습니다. 저는 그들 모두가 미웠어요. 특히 동정심 많은 아이들이요.

이 곳의 그 누구도 제가 고아원에서 자란 사실을 모릅니다. 저는 샐리 맥브라이드에게 부모님은 돌아가셨고 어느 친절한 노신사가 저를 대학에 보내 주셨다고 말했어요. 사실 이 말이 전부 거짓말은 아니잖아요.

아저씨가 저를 비겁하다고 생각하지 않으시길 바래요. 저는 단지 평범한 소녀가 되고 싶어요. 제가 그들과 다른 점은 무시무시한 어둠으로 가득 찬 고아원에서 어린 시절을 보냈다는 것뿐이니까요. 어린 시절의 기억을 모조리 지워 버릴 수만 있다면 저도 다른 소녀들처럼 남들이 부러워하는 사람이 될 수 있을 것 같아요. 저는 그들과 근본적으로 다르다고 생각하지 않습니다. 그렇지요 아저씨?

어쨌든 샐리 맥브라이드는 저를 좋아해요!

당신의 영원한, 주디 애벗으로부터(본명은 제루샤).

토요일 아침

이 편지들을 다시 읽어 보니 그리 유쾌한 기분은 아니네요. 월요일 아침까지 특별 작문을 제출해야 하고 기하학 복습문제를 풀어야 하는데, 제가 지금 심한 재채기 감기에 시달리고 있다는 사실을 아저씨는 모르시지요?

일요일

어제 편지 부치는 것을 깜빡해서 제가 분개한 이야기를 하나 더 추가합니다. 오늘 아침 학교의 주교가 설교를 했는데 뭐라고 했는지 아세요?

"성경에서 가장 은혜로운 약속은 '가난한 자는 항상 너희와 함께 있느니라' 라는 말씀입니다. 가난한 사람이 우리 곁에 있는 것은 우리에게 항상 자비심을 갖게 하기 위한 것이지요."

가난한 사람들은 다시 말하면 유용한 가축과 같다는 식이더군요. 제가 이렇게 완벽한 숙녀로 자라지 않았더라면 예배 후 그를 찾아가 제 생각을 모조리 말해 버렸을 거예요.

10월 25일

키다리 아저씨께.

저는 드디어 농구부원이 되었고, 연습을 하다 왼쪽 어깨에 멍이 들고 말았어요. 오렌지색의 줄무늬가 섞인 멍은 파란빛과 갈색빛을 띠고 있어요. 줄리아 펜들턴도 농구팀이 되길 원했지만 낄 수가 없었답니다. 야호!

제가 얼마나 심술궂은지 아저씨도 이제 아시겠지요?

대학 생활은 점점 더 재미있어지고 있어요. 저는 친구들, 선생님, 교실, 캠퍼스, 먹는 것 등등 모든 것들이 다 좋아요. 우리는 일주일에 두 번 아이스크림을 먹고, 옥수수죽 같은 것은 절대 먹지 않습니다.

아저씨는 한 달에 한 번만 편지를 받길 원하셨지요? 그런데 저는 며칠에 한 번씩 편지를 썼네요. 이 새로운 일들이 너무도 흥분되어 누군가에게 꼭 말하고 싶은데 제가 아는 사람은 아저씨밖에 없거든요. 제가 수다스럽더라도 용서해 주세요. 이 곳 생활에 곧 적응할 겁니다. 만일 제 편지가 지루하다면 휴지통에 버려 버리세요. 그리고 11월 중순까지는 절대 더 이상의 편지를 쓰지 않겠다고 약속드립니다.

수다스러운 주디 애벗으로부터.

11월 15일

키다리 아저씨께.

오늘 배운 것을 들어 보세요.

각뿔대의 측면적은 윗면과 아래면 둘레의 합에 사다리꼴의 높이를 곱한 것의 반과 같다는 것입니다.

사실처럼 들리지 않겠지만, 저는 그것을 증명할 수 있어요!

혹시 제 옷에 대해 들어 본 적 있으신가요? 총 여섯 벌인데, 모두 예쁜 데다 새 옷들이에요. 이 옷들은 저보다 큰 사람들에게 물려받은 게 아니라 저를 위해 산 것들이랍니다. 아저씨가 고아의 일생에 얼마나 큰 기쁨을 주셨는지 짐작조차 못하실 거예요. 그 옷은 모두 아저씨가 저에게 주신 것들이에요. 정말 너무 너무 너무 감사 드립니다.

공부할 수 있다는 것은 정말 좋아요. 하지만 새 옷을 여섯 벌이나 가지고 있다는 황홀감은 다른 그 무엇과도 비교할 수 없는 것 같습니다. 방문 위원이신 프리처드 씨가 제 옷들을 골라 주셨어요. 리펫 원장님이 아니라서 얼마나 다행이었는지……. 실크 위에 분홍색 무명천이 어우러진 이브닝 드레스 한 벌(이 옷을 입으면 정말 예뻐요), 푸른색 예배복, 동양적인 장식의 망사가 있는 붉은색 만찬복, 장밋빛 인조견으로 만들어진 옷, 회색 외출복과 학교에 다닐 때 입는 평상복 이렇게 여섯 벌이에요. 이것은 줄리아 러틀리지 펜들턴의 많은 옷들 가운데 하나가 아니라, 바로 제루샤 애벗의 것들이랍니다. 아, 이럴 수가!

아저씨는 아마 지금쯤 저를 경박하고 천하다고 생각하시며, 이런 아이를 공부시키는 것이 얼마나 큰 낭비인가 하시겠지요? 하지만 아저씨가 평생 체크무늬 무명옷만 입으셨다면 제 기분을 이해하실 수 있을 거예요. 그리고 제가 고등학교에 다닐 때는 체크무늬 무명옷보다 더 나쁜 옷을 입었답니다.

구제품 상자.

아저씨는 구제품 상자에서 나온 옷을 입고 학교에 가는 것이 얼마나 끔찍한 일인지 잘 모르실 거예요. 언젠가 한 번은 제가 입고 간 옷의 원래 주인이었던 소녀가 제 옆에 앉았었는데, 그녀가 다른 아이들에게 옷을 가리키며 소곤거리고 키득키득 웃는 거예요. 자신의 적이 내다 버린 옷을 입을 수밖에 없는 쓰디쓴 기억은 제 영혼 깊은 곳에 상처로 남아 있습니다. 제 남은 인생 동안 실크 스타킹만 신는다 해도 그 아픈 기억을 지울 수는 없을 거예요.

최근 전황 보고!

– 현장에서 보내 온 소식 –

11월 13일 목요일 4시, 한니발의 카르타고 군대는 로마의 전위 부대를 꺾고 산을 넘어 카실리눔 평지로 갔다. 경무장한 누미디아군의 일개 중대는 퀸투스 파비우스 막시무스의 보병대를 상대로 대전투와 소전투를 벌였다. 로마군은 막대한 손실을 입고 퇴각했다.

아저씨를 위해 특별 종군기자가 됨을 영광으로 생각하는,

J. 애벗.

PS. 저는 아저씨에게 답장을 바래서도, 많은 질문으로 아저씨를 괴롭혀서도 안 된다는 것을 알아요. 하지만 아저씨, 한 가지만 말씀해 주세요. 아저씨는 아주 많이 늙으셨나요, 아니면 조금 늙으셨나요? 그리고 완전히 대머리이신가요, 아니면 약간 벗겨진 정도의 대머리이신가요? 이 부분은 기하학의 정리처럼 추상적이라서 상상하기가 어렵습니다.

여자아이들을 싫어하는 키가 크신 부자 아저씨, 하지만 건방진 한 소녀에게는 매우 너그러운 아저씨는 과연 어떤 모습일까요?

답장해 주시면 감사하겠습니다.

12월 19일

키다리 아저씨께.

아저씨는 제 질문에 결코 답장을 하지 않으시는군요. 사실 그건 매우 중요한 질문인데.

아저씨는 대머리이신가요?

저는 아저씨의 모습을 정확하게 그려 보려고 했답니다. 나름대로는 만족스럽게 그려 나갔는데, 아저씨의 머리 꼭대기에 이르자 갑자기 막혀 버리는 거예요. 저는 아저씨의 머리가 백발인지 흑발인지 아니면 회색인지 모르는 데다, 아저씨가 대머리인지 아닌지조차도 결정할 수가 없었어요.

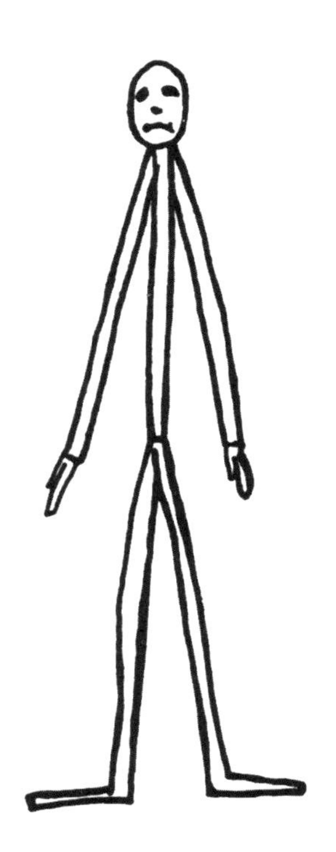

여기 아저씨의 초상화예요.

아저씨의 머리를 어떻게 그려야 하는지가 문제예요.

아저씨의 눈이 어떤 색깔인지 궁금하시지요? 회색이에요. 그리고 눈썹은 현관 위 지붕처럼(소설에서는 불쑥 나온 눈썹이라고 표현하더군요) 튀어나와 있고 입은 양쪽 끝이 아래로 조금 처진 일 자 모양이에요. 그리고 음……. 아저씨는 성격이 좀 까다로운 기운 좋은 노인이세요.

예배시간 종이 울렸습니다.

오후 9시 45분

저 스스로 깰 수 없는 새로운 규칙을 하나 만들었습니다. 아침에 아무리 많은 양의 숙제를 해야 할지라도 밤에는 공부하지 않는다는 거예요. 대신 일반 책을 읽고 있습니다. 저에게 지난 18년은 그야말로 공백기였으니까요. 아저씨는 저의 무지가 얼마나 깊은지 잘 모르실 거예요. 평범한 소녀들 대부분이 집과 학교 그리고 도서관에서 시간을 보내며 저절로 알게 된 많은 것들을 저는 모르고 지내 왔던 거예요. 예를 들어 저는 『엄마 거위』, 『데이비드 카퍼필드』, 『아이반호우』, 『신데렐라』, 『푸른 수염』, 『로빈슨 크루소』, 『제인 에어』, 『이상한 나라의 앨리스』, 『루드야드 키플링』의 작품집을 읽어 본 적이 없어요. 그리고 헨리 8세가 결혼을 여러 번 했고 셸리가 시인이라는 것도 몰랐지요. 인류의 조상이 원숭이라는 것과 에덴의 동산이 아름다운 신화라는 것도 알지 못했고요. R.L.S.가 '로버트 루이스 스티븐슨'의 약자라는 것과 조지 앨리어트가 여자라는 것도 이번에

처음 알았습니다. 그리고 '모나리자'라는 그림을 한 번도 본 적이 없었고(믿지 못하시겠지만 사실이에요), 『셜록 홈즈』도 들어 본 적이 없었지요.

대학에 들어와서 저는 이런 것들 외에도 참 많은 것을 알게 되었습니다. 물론 다른 친구들을 따라가려면 굉장히 많은 노력이 필요할 거예요. 하지만 참 재미있어요! 저는 매일매일 밤이 오길 기다렸다가 방문에 '작업 중'이라는 팻말을 걸어 둔 채 붉은색 목욕가운을 입고, 부드러운 슬리퍼를 신고, 소파에 앉아 등 뒤에 쿠션을 대고, 팔꿈치에 놋쇠로 된 램프를 켜 놓은 상태로 책을 읽고 또 읽습니다. 책 한 권으로는 충분치 않아 네 권의 책을 한꺼번에 읽어요. 오늘은 테니슨의 시와 『허영의 장터』, 키플링의 『평원 이야기』를 읽었고 지금은, 웃지 마세요, 『작은 아씨들』을 읽고 있어요. 대학에서 『작은 아씨들』을 읽지 않은 사람은 저뿐이라는 것을 알았습니다. 저는 그것을 누구에게도 말하지 않았어요(그렇게 되면 저는 이상한 아이로 찍힐 테니까요). 그리고 지난달 용돈 중 1.12달러를 들고 그 책을 사기 위해 살며시 나갔다 왔지요. 다음에 누군가가 소금에 절인 라임 이야기를 한다면, 저는 그녀가 무엇을 말하는지 이해할 수 있어요!

10시 종이 울립니다. 이 편지는 여러 번 방해받네요.

토요일

아저씨.

제가 기하학 분야에서 새로운 공부를 하는 영광을 얻었어요. 지난 금요일 우리는 평행 육면체에 대한 공부를 마치고 절단된 프리즘을 배웠답니다. 갈 길이 험하고 또 높네요.

일요일

다음주면 크리스마스 휴가가 시작됩니다. 다들 가방을 정리한다고 복도를 어질러 놓아서 지나다니기가 어려울 정도예요. 모두들 들떠 있어 공부는 당연히 뒷전이 되었지요. 저는 이번 휴가를 멋지게 보낼 겁니다. 집이 텍사스라서 기숙사에 머무르게 된 신입생이 있는데, 우리는 산책을 하고 얼음이 얼어 있으면 스케이트를 배울 예정이에요. 그리고 도서관에 읽을 책이 많으니 이 이상 좋을 게 없지요. 빈 3주 동안 이런 일들을 할 거랍니다!

아저씨, 안녕히 계세요. 제가 행복한 것처럼 아저씨도 행복하셨으면 좋겠네요.

아저씨의 영원한, 주디 올림.

PS. 제 질문에 답하는 것을 잊지 마세요. 만약 글 쓰기가 싫으시다면 아저씨의 비서에게 전보를 치라고 시키세요. 전보의 내용은 이 정도면 충분합니다.

스미스 씨는 완전히 대머리예요.

또는

스미스 씨는 대머리가 아니에요.

또는

스미스 씨는 백발입니다.

전보 비용으로 드는 25센트는 제 용돈에서 빼세요. 1월까지 안녕히 계세요. 그리고 메리 크리스마스!

크리스마스 휴가가 끝날 무렵, 정확한 날짜는 알 수 없음

키다리 아저씨께.

아저씨가 계신 곳도 눈이 오고 있나요? 제 방에서 바라본 세상은 온통 하얀색으로 뒤덮여 있답니다. 지금도 팝콘처럼 생긴 큰 눈송이가 펑펑 내리고 있어요. 지금은 늦은 오후예요. 차가운 보랏빛 언덕 너머로 옅은 노란색의 태양은 사라졌고, 저는 지금 창가 자리에 앉아 편지를 쓰고 있습니다.

아저씨가 보내 주신 금화 다섯 개를 받고 매우 놀랐어요. 저는 크리스마스 선물을 받아 본 적이 별로 없거든요. 아저씨는 저에게 너무도 많은 것을 해 주셨어요. 제가 가진 모든 것을 해 주셨지요. 저는 더 이상의 것을 받으리라 기대하지 않았습니다. 하지만 기대하지도 않은 선물을 받으니 기쁨이 두 배가 되더군요. 아저씨가 주신 돈으로 제가 무엇을 샀는지 궁금하지 않으세요?

1. 가죽케이스 속에 들어 있는 은 손목시계를 샀어요. 수업시간에 늦지 않기 위해 산 거랍니다.
2. 매듀 아놀드의 시집.
3. 보온병.
4. 보온 모포(제 방은 추워서요).

5. 노란색 원고지 500장(작가가 되기 위해 글 쓰기를 시작할 거예요).
6. 동의어 사전(작가가 되려면 어휘력이 풍부해야 하잖아요).
7. 이건 그다지 말하고 싶지 않지만, 실크 스타킹 한 켤레.

이제 제가 숨기는 것이 있다고 말하지 마세요!

제가 실크 스타킹을 산 것은 매우 하찮은 동기에 의해서입니다. 매일 밤 줄리아 펜들턴이 기하학을 공부하기 위해 제 방에 왔어요. 그녀는 늘 실크 스타킹을 신고 와 의자에 다리를 꼬고 앉았지요. 지금은 빨리 방학이 끝나 그녀가 다시 학교로 돌아왔으면 좋겠어요. 그럼 제가 실크 스타킹을 신고 그녀 방에 가서 그녀가 보란 듯이 의자에 앉을 거예요.

아저씨, 저 참 웃긴 아이지요? 하지만 적어도 저는 정직해요. 그리고 아저씨는 아마도 고아원의 보고서를 보고 제가 결코 완벽하지 않다는 것을 벌써 알고 계실 거예요. 그렇지요?

요약하자면, 이 말은 영어 선생님이 작문 시간만 되면 사용하는 말인데, 이 일곱 가지 선물을 보내 주신 아저씨께 진심으로 감사 드립니다. 저는 이 선물들을 상자에 넣어 캘리포니아에 있는 가족들이 보낸 것처럼 생각할 거예요. 시계는 아버지가, 보온 모포는 어머니가, 보온병은 차가운 기온 때문에 제가 감기에 걸릴까 봐 늘 걱정하시는 할머니가, 그리고 노란색 원고지는 남동생 해리가 보내 준 겁니다. 그리고 여동생 이사벨은 실크 스타킹을, 수잔 숙모는 매듀 아놀드의 시집을, 해리 삼촌(제 남동생 이름은 그의 이름에서 따온 거예요)은 사전을 보내 주었어요. 삼촌은 초콜릿을 보내 주겠다고 했지만, 제가 동의어 사전을 사달라고 했지요. 혹시 아저씨가 가족 전체의 역할을 다하는 것에 반대하지는 않으시지요?

이제 방학을 어떻게 보내고 있는지 말씀드릴게요. 아니면 제 공부 같은 것에 관심이 있으신가요? '~같은 것' 이라는 말의 숨겨진 의미를 잘 생각해 보세요. 최근에 제 어휘 사전에 추가된 말이랍니다.

텍사스에서 온 레오노라 펜튼이라는 소녀가 있어요(제루샤라는 이름처럼 웃기지요?). 저는 그녀가 좋지만 샐리 맥브라이드만큼은 아니에요. 저는 지금까지 샐리만큼 누굴 좋아해 본 적이 없습니다. 물론 아저씨를 제외하고요. 아저씨는 혼자서 제 모든 가족의 역할을 해 주고 계시니까 아저씨가 최고로 좋아요. 레오노라와 저 그리고 두 명의 2학년생은 매일 즐거운 산책을 한답니다. 짧은 스커트와 니트를 입고 모자를 쓴 채 하키 스틱으로 이것저것 들춰보기도 하고 툭툭 치며 거닐기도 하지요. 한 번은 마을에 갔어요. 무려 4마일을 걸어서요. 그리고 저녁을 먹기 위해 대학생들이 주로 간다는 레스토랑에 갔지요. 그 곳에서 저는 새우구이(35센트)를 먹고, 디저트로 단풍당밀을 친 메밀 케이크(15센트)를 먹었답니다. 영양도 만점인 데다 값도 쌌어요.

정말 재미있었어요! 특히 고아원과는 전혀 달라서요. 매번 캠퍼스를 벗어날 때마다 탈옥수가 된 기분이 들어요. 그래서 아무 생각 없이 친구들에게 저의 과거 경험들을 이야기하고 있었지요. 비밀이 나오려는 순간 겨우 입을 막았어요. 제가 아는 모든 것을 이야기하지 않기란 매우 힘든 일이네요. 저는 천성적으로 비밀을 가질 수 없는 성격인가 봐요. 만약 여러 가지 일을 말할 수 있는 아저씨가 안 계셨다면 아마 제 가슴은 터져 버렸을 거예요.

지난 금요일에는 당밀사탕을 먹었어요. 퍼거슨관의 사감이 다른 관에 남아 있는 사람들을 위해 준비한 거였지요. 학교에 남아 있는 학생은 총 22명이에요. 신입생부터 4학년까지 다양하지만, 우리 모두는 서로를 배려하고 아낀답니다. 400명의 학생들이 살고 있는 퍼거슨관의 주방은 아주 크고 넓어요. 돌벽에는 구리 냄비와 주전자가 줄지어 걸려 있는데, 가장 작은 냄비가 세탁용 솥만 하답니다. 흰 모자와 앞치마를 두른 주방장이 22개의 흰 모자와 앞치마를 가지고 왔어요. 저는 주방장이 그 많은 흰 모자와 앞치마를 어디에서 가지고 왔는지 상상조차 할 수 없더라고요. 모자와 앞치마를 두른 우리는 요리를 시작했습니다.

당밀사탕이 그렇게 맛있는 건 아니었지만 정말 재미있었어요. 그리고 마침내 요리가 끝나자 주방 도구와 문 손잡이가 온통 끈적끈적해졌더라고요. 우리는 여전히 흰 앞치마와 모자를 한 채 각자 큰

포크와 스푼, 프라이팬을 들고 텅 빈 복도를 지나 직원 휴게실로 행진을 했습니다. 그 곳에는 6명의 교수님이 조용한 저녁 시간을 보내고 계셨어요. 우리는 그들 앞에서 교가를 부른 뒤 사탕을 대접해 드렸습니다. 그들은 정중하게 받았지만 표정은 반신반의했어요. 우리는 끈적끈적한 당밀사탕을 빠느라고 말도 못하시는 교수님들을 두고 나왔습니다.

아저씨, 이렇듯 제 공부는 발전하고 있어요!

혹시 제가 작가 대신 화가가 되어야 한다고 생각하지 않으세요?

휴가가 이틀 뒤면 끝나요. 다시 친구들을 볼 수 있다는 것이 너무 기쁩니다. 제가 지금 있는 이 곳 타워가 조금은 외롭게 느껴지거든요. 400명을 위해 지어진 집에 단 9명만이 있으니 그럴 수밖에요. 그래서 우리는 조금 시끄럽게 떠들며 돌아다닌답니다.

편지가 11쪽이나……, 불쌍한 아저씨 피곤하시겠어요! 저는 단지 짧은 감사의 글을 올리고 싶었던 건데……. 이상한 것은 제가 글

을 쓰기 시작하면 펜이 그냥 막 나간다는 거예요.

안녕히 계세요. 그리고 저를 생각해 주셔서 감사합니다. 저는 정말 완벽하게 행복합니다. 저기 지평선 위에 있는 검은 구름만 빼면요. 2월에는 시험이 있어요.

사랑을 담아, 주디 올림.

PS. 사랑을 담아 보내는 게 적절치 못한가요? 만약 그렇다면 죄송합니다. 하지만 저는 리펫 원장님과 아저씨 가운데 누군가를 사랑해야 해요. 그래서 저는 아저씨를 택했습니다. 그러니 참아 주세요. 제가 리펫 원장님을 사랑할 수는 없잖아요.

저녁에

키다리 아저씨께.

대학에서 공부하는 모습을 아저씨께서 보셔야 하는데! 우리는 벌써 방학에 있었던 일은 모조리 다 잊었답니다. 지난 나흘 동안 57개의 불규칙 동사를 제 머릿속에 넣느라 애먹었어요. 그것들이 시험 후에도 제 머릿속에 남아 있길 바랄 뿐이에요.

몇몇 친구들은 공부가 끝나면 그들의 교과서를 팔지만 저는 끝

까지 책을 가지고 있을 거예요. 졸업한 후에도 지금까지 공부한 책들을 책장에 고스란히 놓아둘 겁니다. 그리고 책이 다시 필요해지는 일이 생기면 조금의 망설임도 없이 그것을 꺼낼 거예요. 이 방법은 책에 담긴 모든 내용을 제 머릿속에 넣어 두려 애쓰는 것보다 좀더 정확하고 쉬운 방법이지요.

줄리아 펜들턴이 오늘 저녁 제 방에 놀러 왔다가 한 시간이나 머물렀어요. 그녀는 가문에 대한 이야기를 했는데 도저히 화제를 돌릴 수가 없더라고요. 줄리아는 제 어머니의 처녀시절 성을 알고 싶어했습니다. 아저씨는 고아원 출신에게 그런 무례한 질문을 하는 사람을 본 적 있으세요? 저는 모른다고 말할 용기가 나지 않아서 생각나는 첫 이름을 다급하게 말해 버렸어요. 몽고메리라고요. 그러자 줄리아는 매사추세츠 몽고메리인지 버지니아 몽고메리인지 알고 싶다는 거예요.

줄리아의 어머니 성은 러더포드라고 합니다. 그 가문은 방주를 타고 바다를 건너왔으며, 헨리 8세와 결혼을 했던 역사적 사실도 가지고 있다고 하네요. 그리고 그녀의 아버지 쪽 시조는 아담의 시대보다 더 거슬러 올라간대요. 아마도 줄리아 집안의 계보 꼭대기에는 비단결 털과 길고 멋진 꼬리를 가진 좋은 종의 원숭이가 있겠지요?

오늘밤에는 멋지고 유쾌하고 즐거운 내용들을 많이 적으려 했는데 지금 너무 졸려요. 그리고 조금 긴장도 되고요. 1학년이 항상 행복한 것만은 아니랍니다.

시험을 앞둔, 주디 애벗.

일요일

가장 존경하는 키다리 아저씨께.

아저씨께 엄청나고 또 엄청난 소식을 전해 드려야 하는데 처음부터 이야기하진 않겠습니다. 먼저 아저씨를 즐겁게 해 드릴게요.

제루샤 애벗이 드디어 작가가 되었습니다. 시 제목은 「내 방에서」로, 교내 월간지 2월 호에 실린답니다. 그것도 첫 페이지에. 신입생으로서는 굉장히 영광스러운 일이에요. 어제 영어 선생님께서 예배를 보고 나오는 저를 부르셔서는 제 시가 여섯 번째 행이 너무 긴 것만 빼면 아주 매력적이라고 말씀하셨어요. 아저씨가 읽고 싶으시다면 책 한 권을 보내 드리겠습니다.

음, 그것 말고 또 재미있는 일이 없나. 맞다! 저는 스케이트를 배우고 있고 혼자서도 꽤 잘 탈 수 있어요. 그리고 밧줄을 타고 체육관 지붕을 내려오는 것도 배웠고, 3피트 6인치 높이의 바도 뛰어넘을 수 있어요. 이제 목표는 4피트랍니다.

오늘 앨라배마에서 오신 주교님이 고무적인 연설을 하셨어요.

그가 인용한 문구는 '너희가 심판 받지 않으려면 심판하지 말라' 는 것이었습니다. 그것은 다른 사람의 실수를 관대한 마음으로 용서하고 가혹한 비판으로 용기를 꺾지 말라는 의미지요. 아저씨도 그 연설을 들었다면 아주 좋아하셨을 거예요.

이달의 뉴스

지금은 태양이 찬란히 빛나고 있는 눈부신 겨울 오후입니다. 전나무에서 고드름이 떨어지고 온 세상이 눈의 무게를 지탱하고 있어요. 하지만 저는 슬픔의 무게에 짓눌려 있답니다.

지금부터 뉴스를 말씀드리겠습니다. 주디! 용기를 내서 아저씨께 말씀드려야 해. 아저씨, 지금 기분이 괜찮으시지요? 저……, 사실은 수학과 라틴어 산문에서 낙제를 했습니다. 지금 그 과목들을 개인교습 받고 있는데 다음달에 재시험을 봐야 해요. 실망하셨다면 죄송합니다. 만일 그렇지 않으시다면 저는 상관없어요. 왜냐하면 저는 학과 내용 말고도 다른 많은 것들을 배웠으니까요.

저는 열일곱 권의 소설과 많은 시를 읽었습니다. 『허영의 장터』, 『리처드 페버럴』, 『이상한 나라의 앨리스』 같이 꼭 읽어야 하는 책들이에요. 또한 에머슨의 수필집, 록하트의 『스코트 전기』, 기본의 『로마제국』 제1권과 벤베누토 첼리니의 『자서전』도 반을 읽었지요. 첼리니는 참 웃긴 것 같아요. 아침을 먹기 전에 산책을 나가 살인을 하곤 했다니 말이에요.

아저씨, 저는 라틴어 공부에만 전념할 때보다 훨씬 더 똑똑해졌답니다. 다음에는 절대 낙제하지 않을 테니까, 이번 한 번만 용서해주시겠어요?

잘못을 깊이 뉘우치며, 주디 올림.

키다리 아저씨께.

오늘밤 좀 쓸쓸해서 이렇게 추가편지를 씁니다. 무서운 폭풍우예요. 눈보라가 저희 탑에 몰아칩니다. 캠퍼스의 모든 전기는 나갔는데, 저는 블랙 커피를 마셔서 잠을 잘 수가 없어요.

오늘 저녁 샐리, 줄리아 그리고 레오노라 펜튼을 불러 파티를 했습니다. 정어리 요리와 구운 머핀, 샐러드와 캔디 그리고 커피를 먹었지요. 줄리아는 즐거운 시간이었다고 말하고는 그냥 가 버렸지만, 샐리는 남아서 설거지를 도와 주었어요.

이런 날 라틴어 공부라도 조금 하는 것이 유용할 것 같지만, 저는 열의라고는 전혀 없는 라틴어 학자인가 봐요. 우리는 리비(Livy; 로마의 위대한 3대 역사가 중 하나 : 역주)와 『노년론(De Senectute)』을 마쳤고, 지금은 『우정론(De Amicitia)』(빌어먹을, Icitia로 발음됩니다)을 시작했어요.

아저씨, 잠시 동안만 제 할머니가 되어 주지 않으시겠어요? 샐리에게는 한 분의 할머니가, 그리고 줄리아와 레오노라에게는 두 분의 할머니가 계신답니다. 오늘밤에는 할머니 얘기를 하면서 시간을 보냈어요. 저는 할머니가 계셨으면 하는 생각뿐이었지요. 할머니란 존경받는 존재입니다. 그래서 아저씨가 반대하지만 않으신다면, 어제 마을에 갔을 때 연보라 리본이 달린 예쁜 클루니 모자를 봤는데 그 모자를 할머니의 여든세 번째 생일 선물로 드리고 싶어요.

! ! ! ! ! ! ! ! ! ! ! ! ! !

교회당 시계가 12시를 알리네요. 이제 잠이 오는 것 같아요.

할머니, 안녕히 주무세요.

할머니를 정말 사랑하는, 주디 올림.

3월 보름

D.L.L. 씨께.

지금 라틴어 산문창작 공부를 하고 있어요. 저는 그것을 지금까지 공부해 왔고 앞으로도 계속 공부해 나갈 겁니다. 재시험은 다음 주 화요일 7교시에 있어요. 시험에 통과하거나 아니면 낙제지요. 다음번 편지는 시험에서 벗어나 행복한 내용이거나 아니면 산산 조각난 내용일 겁니다.

시험이 끝나면 멋진 편지를 쓸게요. 오늘밤에는 독립 탈격어구와의 급한 약속이 있어 이만 줄입니다.

너무도 바쁜, J.A. 올림.

3월 26일

D.L.L. 스미스 씨께.

귀하, 즉 아저씨는 어떤 질문에도 결코 대답을 안 해 주시는군요. 그리고 제가 하는 일에 조금의 관심도 보여 주지 않으시고요. 아마도 아저씨는 지독한 이사님들 가운데 가장 지독한 분일 거예요. 저를 교육시키는 이유도 저에 대한 관심이라기보다는 의무감 때문이겠지요.

저는 아저씨에 대해 전혀 알지 못합니다. 아저씨의 이름조차 모르지요. 이것은 매우 허무한 일입니다. 저는 아저씨가 제 편지를 뜯어보지도 않고 그냥 휴지통에 던져 버린다는 사실을 믿어 의심치 않습니다. 그래서 이제부터는 사무적인 내용만 적도록 하겠습니다.

라틴어와 기하학의 재시험이 지난주에 있었습니다. 저는 그 둘을 모두 통과했고 이제 해방되었습니다.

제루샤 애벗 올림.

4월 2일

키다리 아저씨께.

저는 정말 나쁜 아이예요.

제발, 지난주에 제가 보낸 무례한 편지를 용서해 주세요. 외롭고 비참한 데다 목이 매우 아팠던 날 밤에 그 편지를 썼어요. 그땐 몰랐는데, 그 당시 저는 편도선염과 유행성 독감 외에도 여러 가지 병에 걸려 있었더라고요. 저는 지금 6일째 부속 병원에 있습니다. 그리고 지금 처음으로 일어나 앉는 것을 허락 받아서 이렇게 펜을 들고 편지를 쓰는 거예요. 수간호사는 무척 무게를 잡아요. 병원에 있는 동안, 아저씨가 저를 용서하지 않으신다면 결코 제 병이 낫지 않을 거라고 생각했습니다.

제 머리를 토끼 귀처럼 붕대로 꽉 묶은 지금의 제 모습을 그려 봤어요.

가엾다고 생각하지 않으세요? 지금 저는 혀밑샘이 부어 있는 상태래요. 1년 동안 생리학을 배운 저이지만 혀밑샘이란 말은 한 번도 들어 본 적이 없는 거 있지요. 얼마나 쓸모 없는 교육인가요!

더 이상 쓸 수가 없네요. 너무 오랫동안 앉아 있었더니 어지러워서요. 제발 불손하고 배은망덕한 저를 용서해 주세요. 버릇없이 자라서 그렇습니다.

사랑을 담아, 주디 애벗 올림.

부속 병원에서, 4월 4일

친애하는 키다리 아저씨께.

어제 저녁 해질 무렵, 침대에 앉아 비가 내리는 창 밖을 내다보고 있는데 갑자기 병원 생활이 무척 지루하게 느껴지는 거예요. 그때 간호사가 하얀색의 긴 상자를 가지고 나타나서는 저에게 주었습니다. 그 상자 안에는 너무도 아름다운 분홍색 장미꽃이 가득했어요. 더욱 좋았던 것은 그 상자 안에 조금 이상하게 기울어진, 하지만 강한 개성이 엿보이는 글씨체로 쓰여진 매우 공손한 내용의 카드가 담겨 있었던 점이에요. 아저씨, 정말 몇 번이고 몇 번이고 감사 드립니다. 아저씨가 보내 주신 꽃은 제가 받은 선물 가운데 처음으로 진

Judy Abbott

실됨을 느낄 수 있는 것이었어요. 제가 얼마나 아기 같았으면…….
저는 너무도 행복해서 침대에 누워 울고 말았답니다.

이제 아저씨가 제 편지를 읽으신다는 것을 알게 되었으니까, 편지를 더 흥미롭게 써서 아저씨가 제 편지를 붉은 테이프로 싸 금고 속에 간직할 가치가 있다고 느끼실 수 있도록 할게요. 단, 그 무례한 편지는 불 태워 주세요. 아저씨가 그 편지를 끝까지 읽으셨다는 사실을 생각하기조차 싫습니다.

병에 걸린 불쌍하고 비참한 신입생에게 기운을 주셔서 감사합니다. 아마 아저씨는 사랑하는 가족과 친구들이 많아 외로움을 잘 모르실 거예요. 하지만 저는 잘 압니다.

안녕히 계세요. 그리고 다시는 그런 불쾌한 일을 저지르지 않을 것을 약속 드려요. 아저씨는 실제로 존재하시는 분이니까요. 이제는 질문으로 아저씨를 더 이상 귀찮게 하는 일도 없을 거예요.

그런데, 아직도 여자아이들을 싫어하시나요?

영원히 변하지 않는, 주디 올림.

월요일 8교시

키다리 아저씨께.

아저씨가 설마 두꺼비 위에 앉으셨던 바로 그 이사님은 아니시겠지요? 그 두꺼비는 뻥 소리를 내며 터져 버렸다던데. 아마도 뚱뚱한 이사님이셨을 거예요.

아저씨, 혹시 존 그리어 고아원의 세탁실 창문가에 있는 창살 쳐진 작은 공간을 기억하시나요? 두꺼비가 활동을 시작하는 봄이 되면 우리는 두꺼비들을 잡아 그 공간에 모아 두곤 했지요. 때로는 두꺼비들이 세탁물로 뛰어들어 아주 유쾌한 일이 벌어지기도 했어요. 이런 일들로 인해 여러 번 벌을 받고 혼도 났지만, 우리는 계속해서 두꺼비를 잡아 모았답니다.

그러던 어느 날, 아 걱정하지 마세요. 세세한 이야기로 아저씨를 지루하게 만들지는 않을 테니까요. 어쨌든 가장 뚱뚱하고 크고 팔팔한 두꺼비 한 마리가 이사님실의 가죽 소파 위에 앉아 있었어요. 그리고 그 날 오후 이사회 때……. 아저씨도 그 곳에 계셨을 테니 더 이상 말하지 않겠습니다.

지금 그 시절을 냉정하게 돌이켜보면 벌을 받는 것이 마땅했고, 제 기억이 맞는다면 그 벌은 적절한 것이었어요.

제가 왜 이런 회상을 하고 있는지 잘 모르겠어요. 다만 두꺼비가 다시 활동하는 봄이 되면 예전의 수집하던 본능이 되살아납니다. 하지만 지금 두꺼비를 수집하지 않는 것은 그것을 막는 규칙이 없기 때문입니다.

목요일 예배 후에

제가 가장 좋아하는 책이 뭘 것 같으세요? 바로 지금 이 순간에요(사흘에 한 번씩 바뀌니까). 바로 『폭풍의 언덕』이에요! 에밀리 브론테는 매우 젊은 나이에 이 책을 썼고, 그때까지 호어스 교회 외에는 어떤 곳도 다니지 않았답니다. 그녀는 평생 남자를 사귀어 본 적도 없대요. 그렇다면 어떻게 히드클리프라는 남자를 상상할 수 있었을까요?

저도 아직 젊고 존 그리어 고아원 밖으로 나가 본 적이 거의 없지만, 에밀리 브론테처럼은 못할 것 같아요. 때로는 나에게 뛰어난 재능이 없는 게 아닐까라는 두려운 생각이 들기도 합니다. 만일 제가 위대한 작가가 되지 못한다면 아저씨는 실망하시겠지요?

아름답고 푸른 새싹들이 피어나는 봄에는 수업을 뒤로 한 채 들판으로 달려나가 따뜻한 봄을 즐기고 싶어요. 들판에는 많은 모험거리가 있답니다! 책을 쓰는 것보다 책에 쓰인 대로 사는 것이 훨씬 흥미로워요.

악~!!!!!!

갑작스러운 이 날카로운 비명 소리에 샐리와 줄리아 그리고 4학년생이 달려왔어요. 이게 다 이렇게 생긴 지네 때문이에요.

실제로는 이 그림보다 훨씬 더 징그럽게 생겼어요. 제가 마지막 문장을 쓰고 다음 말을 생각하고 있는데, 천장에서 바로 제 옆으로 뚝 떨어진 거예요. 도망치려다 탁자 위의 컵 두 개를 떨어뜨리고 말았습니다. 샐리가 제 머리 빗의 등으로 지네를 쳤어요. 다시는 그 빗을 사용하지 않을 거예요. 앞쪽은 죽었지만, 살아 있는 뒤쪽 50개의 발로 서랍장 아래로 도망치는 지네. 으윽~~~!

이 기숙사는 오래된 데다 벽이 담쟁이로 덮여서인지 지네가 아주 많아요. 지네는 정말이지 두려운 존재예요. 차라리 침대 밑에 호랑이가 있는 편이 낫겠어요.

금요일 오후 9시 30분

문제가 많았던 하루였습니다. 오늘 아침, 종이 울리는 소리를 듣지 못해 늦잠을 잤어요. 급히 옷을 입는 동안 구두끈이 끊어졌고, 옷 깃 단추가 떨어져 몸 속으로 들어갔지요. 이것 때문에 아침식사와 1교시 수업에 늦었어요. 게다가 만년필이 샌다는 것을 잊고 압지를 가져가지 않았어요. 삼각함수 시간에는 사소한 대수 문제에서 교수님과 의견 차이가 있었는데, 자세히 살펴보니 그녀가 옳더군요. 점심식사 시간에는 제가 너무나 싫어하는 양고기 스튜와 파이플랜트가 나왔어요. 이 두 개는 고아원의 맛과 너무 똑같아 먹기가 힘들거든요. 그리고 제 우편함에는 청구서만 있더라고요(우리 가족은 편지를 쓰는 체질이 아니라고 말하긴 했지만). 오후 영어시간에는 전혀 예상하지 못했던 글을 공부했습니다. 바로 이거예요.

난 어떤 것도 요구하지 않았네.
다른 어떤 것도 부정하지 않았네.
난 대가로 삶을 바치니
힘센 상인은 웃었네.

브라질? 그는 단추를 만지작거렸다네.

내 쪽은 보지도 않았네.

그러나 마님, 아무것도 없나요?

오늘 우리가 보여 줄 것은.

시예요. 저는 누가 이 시를 썼는지 그리고 시의 의미가 무엇인지 모르겠어요. 이 시는 우리가 교실에 들어갔을 때 칠판에 적혀 있었고 이것을 해석하는 것이 오늘의 수업이었습니다. 1연을 읽었을 때 힘센 상인은 덕행에 축복을 내리는 신을 가리킨다고 생각했는데, 2연에서 그가 단추를 만지작거린다는 것을 읽고 이것은 신을 모독하는 것 같아 생각을 바꿨어요. 다른 친구들도 모두 같은 곤경에 빠졌지요. 우리 모두는 45분 동안 종이와 머릿속 모두 백지 상태인 채 앉아 있었어요. 교육 받는 것은 정말 힘든 과정입니다!

그런데 이게 끝이 아니에요. 더 나쁜 일이 줄줄이 생겼답니다.

비가 와서 골프를 칠 수 없었기 때문에 우리는 체육관으로 들어갔어요. 그런데 옆에 있던 학생이 곤봉으로 제 팔꿈치를 친 거예요. 얼마나 아프던지. 잡잡한 심정으로 방에 돌아와 보니 푸른색 봄옷이 담긴 상자가 도착해 있었습니다. 그런데 치마폭이 너무 좁아 앉을 수도 없는 거 있지요. 게다가 금요일은 청소하는 날인데, 청소 아줌마가 글쎄 제 책상 위의 종이들을 몽땅 섞어 놓았어요. 그리고 오늘 디저트로 바닐라에 우유와 젤라틴을 섞어 만든 비석을 먹었답니다.

예배 시간에는 여인다운 여인에 대한 연설을 듣느라 평소보다 20분이나 더 앉아 있었고요. 이 모든 일이 끝난 뒤 크게 숨을 쉬고 『숙녀의 초상화』를 읽기 위해 내 방 의자에 막 앉는데, 애컬리가 들어왔어요. 그녀의 이름은 A로 시작하기 때문에 라틴어 시간에 제 옆에 앉지요. 리펫 원장님이 제 이름을 자브리스키라고 지어 주셨으면 얼마나 좋았을까. 어쨌든 희멀쑥한 얼굴로 항상 어리숙하게 행동하는 애컬리가 월요일 수업이 69절에서 시작하는지 70절에서 시작하는지 물으러 와서는 장장 한 시간이나 머물렀어요. 그녀는 지금 막 나갔답니다.

아저씨는 이렇게 나쁜 일이 연속해서 생기는 경우를 들어 보셨나요? 인생에서 강한 의지와 확고한 인격이 필요한 순간은 큰 문제가 생겼을 때가 아닙니다. 누구든지 위기를 맞으면 분발하여 다가오는 비극의 순간을 용기로 헤쳐 나갈 수 있지만, 일상의 사소한 문제를 웃음으로 맞으려면 정말 큰 용기가 필요하다고 생각해요.

제가 되려는 사람이 바로 그런 사람이에요. 인생은 게임과 같은 것이고 저는 능숙하고도 정정당당하게 경기에 임할 겁니다. 만약 진다면 제 어깨를 으쓱하며 웃을 거예요. 물론 제가 이긴다 하더라도 그럴 거구요.

어쨌든, 운동 선수와 같은 사람이 되겠어요. 아저씨, 다시는 불평하지 않을게요. 줄리아가 실크 스타킹을 신었더라도 그리고 지네가 천장에서 떨어진다 해도…….

아저씨의 영원한, 주디 올림.

답장을 주세요.

5월 27일

키다리 아저씨 귀하.

리펫 원장님으로부터 편지를 받았습니다. 원장님은 저에게 행동도 바르게 하고 공부도 열심히 하라고 조언하셨어요. 그리고 이번 여름방학 때 갈 곳이 없을 테니 고아원에 와서 개강할 때까지 숙식을 해결하며 머물라고 하셨지요.

저는 존 그리어 고아원이 싫어요.

차라리 죽고 말래요.

아저씨의 충실한, 제루샤 애벗.

5월 30일

키다리 아저씨께.

저희 캠퍼스에 와 본 적이 있으신가요? 아, 이건 단지 수사적인 질문이니 신경 쓰지 마세요. 이 곳의 5월은 천국과 같답니다. 모든 관목들이 꽃을 피우고 나무들은 가장 사랑스러운 어린 초록빛을 띠고 있지요. 심지어 늙은 소나무도 신선하고 새롭게 보일 정도예요. 풀밭에는 노란 민들레가 여기저기 피어 있고 푸른색, 흰색, 분홍색 드레스를 입은 수백 명의 소녀들이 환하게 웃고 있지요. 게다가 방학이 다가오고 있어 모두들 유쾌하고 즐거운 마음에 시험 걱정은 전혀 안 하고 있답니다.

아저씨, 이것이 바로 우리가 바라는 행복한 기분 아닐까요? 저는 이 세상에서 가장 행복한 소녀랍니다. 더 이상 고아원에 있지 않기 때문이지요. 이제 더 이상은 애를 돌보는 사람도, 타자를 쳐 주는 사람도, 장부를 정리하는 사람도 아니니까요(아저씨가 아니었다면 아마 지금도 이런 일을 하고 있었을 거예요).

지난날의 잘못을 사과 드려요.

리펫 원장님께 불손하게 행동한 것을 사과 드려요.

프레디 퍼킨스을 때린 것을 미안하게 생각해요.

설탕병에 소금을 채운 것을 미안하게 생각해요.

이사님들의 등 뒤에서 인상 쓴 것을 사과 드려요.

저는 행복하기 때문에 친절하고 상냥하게 모두를 대할 거예요. 이번 여름에는 작가가 되기 위해 열심히 글을 쓰고 또 쓸 겁니다. 참으로 고상하지요? 그리고 제 성격을 아름답게 발전시킬 거예요! 제 성격은 추위와 서리를 만나면 시들지만, 따뜻한 햇살이 비추면 빨리 자랄 수 있지요.

모두가 마찬가지예요. 저는 역경과 슬픔과 실망이 도덕적 정신력을 키운다는 이론에 동의하지 않아요. 행복한 사람은 다른 사람들을 대할 때도 항상 명랑하고 친절합니다. 저는 염세주의자(멋진 단어예요! 지금 막 배웠어요)를 믿지 않아요. 아저씨는 염세주의자가 아니시겠지요?

이제 저희 캠퍼스에 대해 말씀드릴게요. 아저씨가 우리 학교를 방문하셔서 함께 교정을 걸으며 이야기할 수 있다면 얼마나 좋을까 하고 생각해 봤어요.

"저것은 도서관입니다. 이건 가스실이고요. 그리고 왼쪽에 있는 고딕식 건물이 체육관이고, 튜더 로마네스크식 건물이 새로운 부속 병원입니다."

저는 안내를 잘하는 편이에요. 고아원에서 안내를 했었고, 여기

에서도 오늘 하루 종일 안내를 했거든요. 정말 열심히 했답니다.

그 분 또한 남자였어요!

좋은 경험이었지요. 저는 이전까지 남자와 말을 해 본 적이 없었어요. 물론 고아원의 이사님들과 몇 마디 말을 하긴 했지만 그들을 제외하고 말씀드리는 거예요. 아, 죄송해요. 이사님들을 비난함으로써 아저씨의 마음을 상하게 하려는 것이 아닙니다. 저는 아저씨가 다른 이사님들과 다르다고 생각해요. 아저씨는 우연히 이사회에 속하신 거지요. 이사라고 하면, 뚱뚱하고 거만하며 자선을 베푸는 사람이 생각나요. 그들은 아이들의 머리를 쓰다듬고, 금시계 줄을 차고 있지요.

마치 6월의 빈대처럼 보이지만, 이것은 아저씨를 제외한 이사님들의 초상화랍니다.

어쨌든 이야기를 다시하면, 저는 한 남자 분과 교정을 거닐며 이야기를 나누었고 벤치에 앉아 차도 마셨어요. 그는 훌륭한 분으로, 줄리아 집안의 저비스 펜들턴 씨입니다. 간단하게 말하면 줄리아의 삼촌이지요(길게 말하면……, 에이 그냥 말해야겠네요. 그는 아저씨처럼 키가 커요). 사업차 마을에 왔다가 조카를 보기 위해 대학에 잠깐 들렀다고 했어요. 그는 줄리아 아버지의 막내 동생으로, 줄리아는 그를 잘 알지 못한다고 하더군요.

어쨌든, 저비스 씨가 응접실에 앉았는데 그의 모자와 지팡이 그리고 장갑 모두가 너무도 잘 어울렸어요. 줄리아와 샐리는 7교시 수업이 있었고, 그들은 수업을 빠질 수가 없었지요. 그래서 줄리아는 제 방으로 와서, 그에게 캠퍼스를 보여 드리고 7교시 수업이 끝날 때쯤 자기에게 모셔 오라고 했어요. 저는 아무 생각 없이 그렇게 하겠다고 했지요. 펜들턴 가의 사람들에게는 전혀 관심이 없었으니까요.

그러나 결국 그가 온순한 사람이라는 것이 드러났어요. 그는 정말 인간적이었습니다. 제가 생각했던 펜들턴 가의 사람이 전혀 아니었어요. 우리는 즐거운 시간을 보냈습니다. 아저씨를 제 삼촌이라고 생각해도 되겠지요? 할머니보다 나을 것 같은데…….

그는 아저씨의 20년 전 모습을 떠올리게 해요. 물론 아저씨를

만난 적은 없지만 저는 아저씨가 몹시 친숙하게 느껴진답니다.

그는 키가 크고 말랐으며 얼굴은 검고 주름이 좀 많아요. 특히 웃을 때 입가에 주름이 많이 지는데, 그는 아주 조용히 살짝 미소 짓는 편입니다. 마치 오래 전부터 알고 지낸 것처럼 참 편안한 느낌을 주는 사람이에요.

우리는 안뜰과 체육관 등 교정 곳곳을 돌아다녔어요. 그랬더니 그가 조금 피곤하니까 차를 한 잔 마시자고 하더군요. 그는 대학식당에 가자고 제안했어요. 대학의 소나무 길을 따라가면 있는 곳이지요. 저는 줄리아와 샐리에게 돌아가야 한다고 했지만, 그는 조카에게 차를 너무 많이 마시게 하고 싶지 않다고 했어요. 차를 지나치게 많이 마시면 사람이 신경질적이 된다나요. 그래서 우리는 작고 예쁜 발코니에서 차와 머핀, 마멀레이드, 아이스크림 그리고 케이크를 먹었습니다. 식당은 꽤 한산했어요. 용돈이 떨어질 때인 월말이라 그런가 봐요.

정말 유쾌한 시간이었어요! 하지만 기차 시간이 다가와 그는 돌아가야만 했고, 시간이 별로 없어서 줄리아를 조금밖에 보지 못했지요. 줄리아는 제가 자기 삼촌을 데리고 나갔다며 화를 냈어요. 부자인 데다 인기가 많은 삼촌이라서 그런가 봐요. 그가 부자라니 마음이 놓이네요. 왜냐하면 식당에서 먹은 차와 음식값이 한 사람 당 60

센트였거든요.

오늘 아침(지금은 월요일입니다) 줄리아와 샐리 그리고 저에게 세 개의 초콜릿 상자가 속달로 배달되었어요. 어떻게 생각하세요? 남자에게 초콜릿을 받다니!

처음으로 제가 고아가 아닌 소녀라는 생각이 들었어요.

아저씨도 언젠가 이 곳에 와서 저와 차를 마시고 또, 제가 아저씨와 있는 시간을 얼마나 행복해하는지 직접 눈으로 확인하셨으면 좋겠어요. 만일 제가 행복해하지 않는다면 끔찍하지 않을까요? 하지만 저는 행복할 거예요. 확실히.

큰 존경! 당신에게 경의를 표합니다.

주디 올림.

PS. 오늘 아침 거울을 보는데 예전에 없었던 보조개를 발견했어요. 정말 궁금해요. 그 보조개는 어디에서 태어난 걸까요?

6월 9일

키다리 아저씨께.

행복한 날이에요! 마지막 시험을 마쳤거든요. 생리학! 그리고 이제 석 달 동안 농장에서 지낼 겁니다.

저는 솔직히 농장이 무엇인지 정확하게 알지 못해요. 한 번도 가 본 적이 없거든요. 정확하게는 한 번도 본 적이 없어요(차를 타고 지나가며 보긴 했지만). 하지만 저는 농장을 좋아하게 될 것 같아요. 그리고 그 곳에서 자유를 느끼게 될 것 같고요.

저는 아직 존 그리어 고아원 밖으로 나왔다는 것에도 익숙하지 않아요. 그 곳을 생각하면 아직 두려움이 느껴집니다. 리펫 원장님이 팔을 뻗어 저를 잡으러 올 것 같아요. 그래서 더 빨리, 더 빨리 달아나야 한다는 생각이 들지요.

이번 여름에는 다른 어느 누구에게도 신경 쓰지 않아도 되겠지요?

아저씨의 명목상 권위는 저에게 부담이 되지 않아요. 아저씨는 저에게 해를 끼치기엔 너무 먼 곳에 계시잖아요. 저는 리펫 원장님을 영원히 죽은 것으로 간주할 겁니다. 그리고 샘플 씨도 저의 도덕적인 부분까지 감시하지는 않겠지요? 저는 아니라고 확신해요! 저는 이제 완전히 어른이 되었어요. 만세!

이제 찻잔과 접시들, 소파 쿠션과 책들을 상자에 넣고 여행가방도 싸야 합니다.

아저씨의 영원한, 주디 올림.

PS. 여기 생리학 시험지가 있어요. 아저씨는 이 시험을 통과하실 수 있으세요?

록 윌로우 농장에서, 토요일 밤

키다리 아저씨께.

지금 막 농장에 도착해서 짐도 아직 풀지 않았어요. 하지만 아저씨께 제가 이 곳을 얼마나 좋아하는지 빨리 이야기하고 싶었어요. 조금도 기다릴 수가 없더라고요. 이 곳은 천국 중의 천국이에요! 집은 이것처럼 사각형입니다.

그리고 낡았어요. 100년 정도 된 것 같아요. 제가 그림을 그릴 수 없는 쪽으로 베란다가 있고, 앞에는 예쁜 현관이 있어요. 이 그림이 정확하게 묘사된 것은 아니지만, 깃털 먼지털이처럼 생긴 것이 단풍나무고, 찻길 옆의 뾰족한 것이 살랑이는 소나무와 솔송나무입니다. 이 집은 언덕 꼭대기에 자리하고 있어 몇 마일이나 계속되는 푸른 풀밭과 다른 언덕의 선까지 보인답니다.

코네티컷으로 가는 길은 마치 물결 모양의 머리스타일 같고, 록 윌로우 농장은 그 물결 중 하나의 꼭대기에 자리하고 있어요. 전망을 가로막는 헛간이 길 건너 있었는데, 하늘에서 번개가 쳐 불타 없어졌대요.

이 곳에 사는 사람은 샘플 부부와 일하는 소녀 한 명 그리고 남자 둘이 전부랍니다. 일꾼들은 주방에서 식사를 하고 샘플 부부와 소녀는 식당에서 식사를 해요. 우리는 햄과 계란 그리고 비스킷, 꿀, 젤리 케이크, 파이, 피클, 치즈를 먹었고 또 차를 마셨어요. 그리고 대화를 나누었지요. 지금까지 다른 사람을 이렇게 즐겁게 만든 적은 없었던 것 같아요. 이 사람들은 제가 말하는 모든 것이 재미있나 봐요. 지금까지 시골에 한 번도 와 본 적이 없는 제가 던지는 질문들이 웃기기도 하고요. 하긴 무지로 똘똘 뭉쳤으니 그럴 수밖에요.

×표시를 해 둔 방은 살인이 났던 곳이 아니라 바로 제가 머무

르는 곳이랍니다. 그 방은 크고 네모나며 거의 텅 비었어요. 단지, 귀여운 오래된 가구들과 막대기로 고정시켜야 하는 창문 그리고 금빛으로 장식된 녹색 차양이 있는데, 차양은 손을 대면 떨어져 버려요. 참, 커다란 마호가니 책상도 있어요. 저는 이번 여름 이 곳에 제 팔꿈치를 걸친 채 소설을 쓸 거예요.

아저씨! 저는 무척 흥분이 돼요! 이 곳을 탐험하고 싶다는 마음에 날이 밝을 때까지 기다릴 수가 없을 지경이에요. 지금은 오후 8시 30분이고, 이제 촛불을 끄고 억지로라도 잠을 청해야 할 것 같습니다. 우리는 5시에 일어날 거예요. 아저씨, 혹시 이렇게 재미있는 일을 알고 계시나요? 제가 진짜 주디인지 알 수 없을 정도예요. 아저씨와 하나님은 제가 바라는 것보다 더 많은 것을 저에게 주셨어요. 저는 그 은혜에 보답하기 위해서라도 정말 정말 훌륭한 사람이 되어야겠습니다. 저는 그렇게 될 거예요. 두고 보세요.

안녕히 주무세요.

주디 올림.

PS. 아저씨가 개구리와 어린 돼지들의 울음소리를 들으셔야 하는데. 그리고 초승달을 보셔야 하는데! 제 오른쪽 어깨 너머로 수줍게 빛나는 초승달이 자리하고 있답니다.

록 윌로우에서, 7월 12일

키다리 아저씨께.

어떻게 아저씨의 비서가 록 윌로우 농장에 대해 알고 있는 거지요? 이것은 수사학적인 질문이 결코 아니에요. 저는 정말 궁금합니다. 그리고 이 얘길 들으면 아저씨도 놀라실 거예요. 전에 저비스 펜들턴 씨가 이 농장의 주인이었는데, 그의 병간호를 해 주었던 샘플 부인에게 이 농장을 주었대요. 아저씨, 이런 우스운 우연을 들어 보셨나요? 샘플 부인은 그를 '저비 도련님'이라고 불렀고 그가 어렸을 때 얼마나 귀여운 소년이었는지 말해 주었어요. 작은 상자에 저비스 펜들턴 씨의 어렸을 적 머리카락 한 올을 간직하고 있었는데 그것은 빨간색이었어요. 적어도 붉은빛을 띠었어요!

샘플 부인은 제가 저비스 펜들턴 씨를 안다는 사실을 알게 된 뒤부터 저에게 무척 잘해 준답니다. 펜들턴 가의 사람 가운데 어느 누구를 안다는 것은 록 윌로우 농장에선 가장 좋은 소개서인 셈이지요. 그리고 모든 가족들 중에서도 최고는 단연 저비 도련님입니다. 줄리아는 하위라고 감히 말할 수 있겠네요.

농장 생활은 점점 더 흥미로워지고 있어요. 어제는 건초를 나르는 마차를 탔습니다. 이 곳에는 세 마리의 큰 돼지와 아홉 마리의 새끼돼지가 있어요. 아저씨가 그들이 먹는 것을 직접 보셔야 하는데……. 그들은 정말 돼지예요! 돼지 외에도 많은 어린 병아리와 오리, 칠면조, 꿩들이 있어요. 사실, 농장에서 살 수도 있는데 굳이 도시에서 살고 계시는 아저씨가 저로서는 이해가 잘 안 갑니다.

매일 달걀을 모으는 것이 제 일이에요. 어제는 검정 닭이 둥지로 숨어 들어가서 저도 따라 기어 들어가다가 헛간의 대들보에서 떨어지고 말았어요. 무릎이 까졌는데 샘플 부인이 개암나무 껍질로 상처를 감싸주며 "이런! 저비 도련님도 이 대들보에서 떨어져 무릎을 다쳤었는데"라고 중얼거리시더라고요.

이 곳의 경관은 정말 아름답습니다. 계곡과 강이 있고 나무로 뒤덮인 언덕이 있으며 멀리 푸른 산이 우리를 바라보고 있어요.

우리는 일주일에 두 번 버터를 만들어요. 크림은 아래 시내가 흐르는 곳에 위치한, 돌로 만들어진 저장고에 보관합니다. 일부 농장에서는 기계를 사용하지만 이 곳에서는 새로운 기계에는 관심이 없어요. 그래서 크림을 분리하는 것이 조금 어렵지만, 이 방법이 더 나은 것 같아요. 이 곳에는 여섯 마리의 송아지가 있어요. 저는 그 송아지들에게 이름을 붙여 주었답니다.

1. 실비아 – 숲에서 태어나서 붙여 준 이름이에요.
2. 레스비아 – 카툴루스의 레스비아를 땄어요.
3. 샐리

4. 줄리아 – 얼룩지고 뭐라 표현하기 힘들어서.

5. 주디 – 제 이름을 붙여 주었어요.

6. 키다리 아저씨 – 싫지 않으시겠지요?

키다리 아저씨는 순종인데다 굉장히 온순합니다. 이렇게 생겼어요. 이 이름이 얼마나 적절한지 아시겠지요?

아직 소설을 시작하지 못했습니다. 농장 생활이 너무나 바빴거든요.

아저씨의 변함 없는, 주디 올림.

PS. 저는 도넛 만들기를 배우고 있습니다.
PS.(2) 만약 닭을 기를 생각이 있으시면 버프 오르핑톤스를 기르세요. 그것은 털이 나지 않거든요.
PS.(3) 어제 만든 신선한 버터를 아저씨께 보낼 수 있다면 좋겠어요.
PS.(4) 이 그림은 미래의 위대한 작가, 제루샤 애벗 양이 소를 모는 장면을 그린 거랍니다.

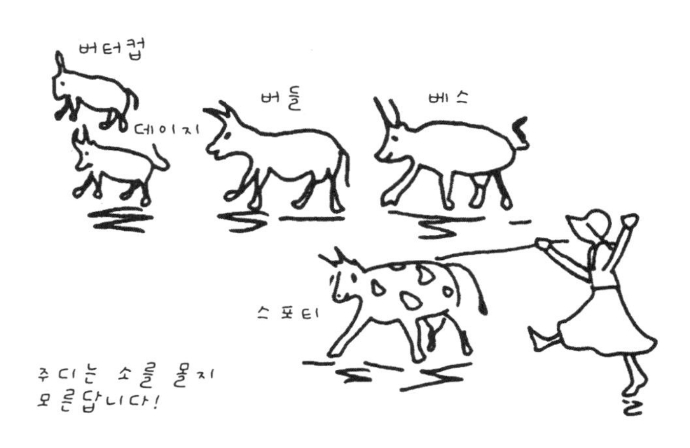

키다리 아저씨께.

이상한 일이 생겼어요. 어제 오후 아저씨께 편지를 쓰기 시작했는데, 제가 '키다리 아저씨'라는 제목을 적은 순간 식사를 위해 검은 딸기를 따기로 한 것이 생각나는 거예요. 그래서 편지를 그냥 책상 위에 올려 두고 나갔지요. 그런데 오늘 와서 보니 그 종이 한가운데에 뭐가 있었는지 아세요? 진짜 키다리 거미였어요!

저는 그 키다리 거미의 다리 하나를 조심스럽게 들어 창문 밖으로 버렸어요. 저는 키다리 거미를 절대 해치지 않을 거예요. 그것은 아저씨를 떠올리게 하거든요.

오늘 아침 마차를 타고 교회에 갔습니다. 조그맣고 하얀 사랑스런 교회는 첨탑이 있었고, 세 개의 도리아식 기둥(어쩌면 이오니아식.

저는 항상 이 둘이 헷갈려요)이 앞에 있었어요.

은은한 연설 덕분에 모두들 나른하게 종려잎 부채를 흔들었고, 목사님의 목소리 외에 들리는 소리라고는 오직 나무에 붙어 울고 있는 매미 소리뿐이었습니다. 저는 찬송가를 부르기 위해 일어설 때까지 졸음에서 깨지 못했고, 설교를 듣지 않은 것이 죄송스러웠어요. 그리고 이런 찬송가를 선택한 사람의 심리를 알고 싶었답니다. 그 찬송가는 바로 이거였어요.

세상의 모든 즐거움과 쾌락을 버리고
하늘의 즐거움과 함께하세.
그렇지 않으면 소중한 친구와 영원히 이별하네.
난 네가 지옥에 떨어진다 해도 그냥 두겠네.

샘플 부부와 종교에 대해 토론하는 것은 위험한 일이라는 사실을 알았어요. 선조인 청교도들에게 물려받은 그들의 신은 마음이 좁고, 불합리하고, 불공평하고, 초라하고, 복수심이 강하고, 고집쟁이입니다. 저는 누구에게도 그 어떤 신도 물려받지 않은 것에 대해 감사 드려요. 저는 제 나름대로의 신을 그릴 수 있습니다. 그는 친절하고, 동정심 많고, 상상력이 풍부하고, 모든 것을 이해하고 용서할 수 있지요. 그리고 그는 유머 감각도 있어요.

저는 샘플 부부가 정말 좋아요. 그 분들은 이론보다 행동이 더 훌륭합니다. 그 분들은 그들의 신보다 더 나아요. 전에 이 이야기를 그 분들에게 한 적이 있어요. 그랬더니 무척 당황하시더라고요. 그 분들은 제가 신을 모독했다고 생각하셨나 봐요. 하지만 저는 정말 그 분들이 그렇다고 생각해요! 우리는 이제 더 이상 종교에 관한 이야기를 나누지 않을 거예요.

지금은 일요일 오후입니다.

아마사이(일하는 남자)가 면도를 해서 붉은 얼굴에 자줏빛 넥타이와 밝은 노란색 사슴가죽 장갑을 한 채, 웨이브 머리에 빨간 장미가 장식된 모자를 쓰고 푸른 모슬린 드레스를 입은 캐리(일하는 여자)와 지금 막 마차를 타고 나갔습니다. 아마사이는 오늘 아침 마차를 닦는데 시간을 다 보냈고, 캐리는 점심을 준비한다고 교회에 가지 않았는데, 사실은 모슬린 드레스를 다림질하기 위한 것이었어요.

2분쯤 뒤 이 편지를 끝내고 나서 저는 다락에서 발견한 책을 읽을 겁니다. 제목은 『흔적』이고, 첫 장에 어린 소년의 재미있는 글이 적혀 있어요.

– 저비스 펜들턴 –

만약 이 책이 길거리를 돌아다닌다면

따귀를 때려 집으로 보내 주십시오.

저비스 펜들턴 씨는 11세 때 병을 앓은 이후 이 곳에서 여름을 보냈답니다. 그리고 『흔적』을 남기고 갔지요. 이 책을 자주 읽었는지, 그의 때 묻은 작은 손자국이 남아 있어요! 이 책뿐 아니라 다락 구석에서 물레방아와 풍차, 활과 화살도 발견했어요. 샘플 부인이 끊임없이 그에 대해 이야기하는 바람에 저는 아직도 그가 실크 모자에 지팡이를 들고 다니는 신사가 아니라, 지저분하면서도 헝클어진 머리를 한 채 라켓을 들고 이리저리 뛰어다니느라 문을 열어두는, 그리고 늘 과자를 달라고 조르는 (제가 아는 샘플 부인이라면 과자를 주었을 거예요) 소년같이 느껴져요. 그는 모험심 강한 영혼의 소유자로, 용감하고 진실될 겁니다. 그가 펜들턴 가 사람이라는 것이 유감일 뿐이에요. 저비스 펜들턴 씨는 그들보다 훌륭한 분이거든요.

내일부터 귀리를 타작하기 시작합니다. 증기기계가 왔고 3명의 일꾼도 더 왔습니다.

버터컵(뿔을 한 개만 가진 얼룩무늬 소, 바로 레스비아의 엄마입니다)이 잘못을 저질렀다는 소식을 전하게 되어 유감이에요. 그 소는 금요일에 과수원에 들어가 머리까지 차 오를 정도로 사과를 먹고 또 먹었어요. 이틀 동안 버터컵은 완전히 취한 상태였답니다! 이것은 정말 사실이에요. 아저씨, 이렇게 괘씸한 일을 들어 보셨나요?

아저씨를 친애하는 고아, 주디 애벗 올림.

PS. 제1장에는 인디언이 나왔고 제2장에는 노상강도가 나왔어요. 제3장에는 무엇이 나올까요? '붉은 매가 20피트 상공까지 날아올랐다 아래로 떨어집니다.' 이것은 책표지에 실린 글 내용이에요. 주디와 저비가 재미있겠지요?

9월 15일

아저씨께.

어제 코너스의 가게에서 밀가루를 재는 저울로 몸무게를 달아 보았어요. 9파운드나 늘어난 거 있지요! 록 윌로우 농장을 봉양지로 강력 추천합니다.

9월 25일

키다리 아저씨께.

이제 2학년이에요! 지난 금요일 학교로 돌아왔고, 록 윌로우 농장을 떠나는 것이 아쉬웠지만 캠퍼스로 다시 돌아와 주위를 둘러보니 너무 반가웠어요. 낯익은 곳으로 돌아온다는 것은 그야말로 유쾌한 기분이네요! 이제 대학이 편안하게 느껴지기 시작했고 모든 일을 제 뜻대로 하고 있습니다. 사실, 저는 이 세상 전체가 제 집처럼 생각돼요. 비록 묵인 받아 이 속에 속하게 된 것이긴 하지만요.

아저씨는 제가 말하려는 것을 이해하기 어려우실 거예요. 이사님이 되실 만큼 영향력 있는 사람은 고아처럼 영향력 없는 사람의 심정을 이해할 수 없을 테니까요.

아저씨, 들어 보세요. 제가 누구와 함께 방을 쓰게 되었는지 아세요? 샐리 맥브라이드와 줄리아 러틀리지 펜들턴입니다. 사실이에요. 우리는 한 개의 공부방과 세 개의 침실을 사용해요. 자, 보세요!

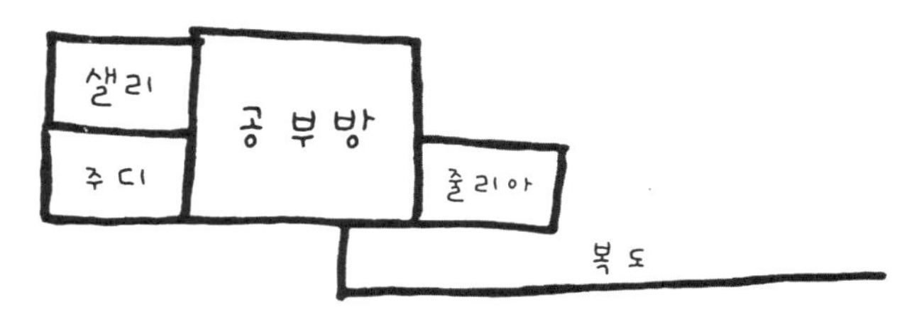

샐리와 저는 지난 봄 같은 방을 쓰기로 약속했는데, 줄리아가 샐리와 함께 머물기로 결심했대요. 서로 닮은 구석이라고는 전혀 없는 둘이 왜 이런 결정을 내렸을까요? 펜들턴 가문은 천성적으로 보수적이고 적대시해서(좋은 단어네요!) 변화를 싫어한답니다. 그게 바로 이유예요. 어쨌든 이 곳에서 우리는 함께 지내고 있습니다. 존 그리어 고아원 출신인 제루샤 애벗이 펜들턴 가 사람과 함께 방을 쓴다는 사실을 생각해 보세요. 우리나라는 민주주의 국가입니다!

샐리는 학급대표에 입후보했는데 그녀가 당선될 것 같아요. 후보들의 온갖 술책이 난무하고 있다면 믿으시겠어요? 얼마나 정치가 다운지 아저씨가 보셔야 해요. 우리 여성들이 권리를 찾게 된다면 남성들은 그들의 권리를 유지하기 위해 노력해야 할 겁니다. 선거는 다음주 토요일이고 우리는 누가 당선되든지 간에 저녁에 촛불 행진을 할 예정이에요.

화학을 배우기 시작했는데, 너무 생소해요. 예전에는 화학에 화자도 몰랐으니 더욱 그럴 수밖에요. 지금 분자와 원자 등 물질의 구성을 배우고 있는데, 다음달이면 좀더 정확하게 그것들에 대해 설명할 수 있을 거예요.

저는 또한 변론법과 논리학을 배우고 있습니다.

또 세계사.

그리고 윌리엄 셰익스피어의 희곡.

프랑스어도.

이렇게 몇 년 동안 배우면 지식이 매우 풍부해지겠지요?

저는 프랑스어보다 경제학을 선택하는 것이 나았을 것 같아요. 이번에 프랑스어를 다시 선택해 듣긴 하지만 교수님이 통과시켜 주실지에 대해서는 의문이거든요. 지난 6월에 겨우 시험을 통과했으니까요. 제 고등학교 교육이 충분하지 않아서 그런가 봅니다.

우리 교실에는 영어만큼 프랑스어로 빨리 이야기하는 한 학생이 있어요. 그녀는 어렸을 때 부모님과 함께 외국에 나갔었고 3년간 그 곳에서 수녀원 학교를 다녔다고 해요. 아저씨도 그녀가 다른 학생들과 비교해 얼마나 뛰어날지 짐작하실 수 있을 거예요. 불규칙 동사는 놀이하듯 외우고 있어요. 저는 부모님이 저를 고아원이 아닌 프랑스의 수녀원에 버리셨으면 얼마나 좋았을까 생각해 본답니다. 이런, 아니에요! 그건 안 되지요. 그렇게 된다면 아저씨를 알 수 없었을 테니까요. 저는 프랑스에 가는 것보다 아저씨를 알게 된 것이 더욱 좋답니다.

아저씨, 안녕히 계세요. 이제 저는 해리엇 마틴에게 가서 함께 화학 공부를 할 거예요. 그리고 자연스럽게 차기 학급대표에 관한 문제에 대해 제 생각을 이야기할 겁니다.

정치가, J. 애벗 올림.

10월 17일

키다리 아저씨께.

체육관의 수영장을 레몬 젤리로 가득 채웠다고 가정해 보세요. 누가 그 곳에서 수영을 한다면 그는 뜰까요 아니면 가라앉을까요?

우리가 디저트로 레몬 젤리를 먹고 있을 때 그 질문이 나왔어요. 30분이나 열정적으로 토론했지만 결론이 나지 않았어요. 샐리는 그 곳에서 수영을 할 수 있다고 생각했지만 저는 세계 제일의 수영 선수라도 가라앉을 것이라고 확신합니다. 레몬 젤리 속에서 익사한다면 웃긴 일이겠지요?

또 우리는 다른 두 가지 문제에 관해서도 이야기를 나누었어요.

첫 번째, '팔각형으로 된 집의 방은 어떤 형태일까?' 몇몇은 사각형이라고 했지만 제 생각은 파이 한 조각처럼 될 것 같아요. 아저씨는 어떻게 생각하세요?

두 번째, '거울로 만들어진, 속이 빈 커다란 구가 있다. 얼굴 비치는 것이 어디에서 끝나고 등이 어디에서 시작되는 것일까?' 이 문제는 생각할수록 더 아리송해집니다. 우리가 휴식을 취하면서도 얼마나 철학적인 이야기를 나누는지 아저씨도 아시겠지요!

제가 선거에 대해 이야기했었나요? 3주 전에 선거를 했는데, 이 곳의 생활은 매우 빨라서 3주 전은 마치 고대 역사와 같답니다. 예상대로 샐리가 당선되었고, '샐리 맥브라이드여 영원하라!' 고 적힌 플래카드를 들고 14명의 악단, 즉 3명의 하모니카를 부는 친구들과 머리 빗을 들고 연주하는 11명의 친구들을 앞세워 촛불 행진을 했어요.

258호실의 우리는 중요한 사람들이 되었답니다. 줄리아와 저는 영광이 녹아 있는 많은 대우를 받는 처지가 되었지요. 학생 대표가 된 샐리와 같은 방에 살고 있다는 것만으로도 매우 긴장되는 일이네요.

11월 12일

키다리 아저씨께.

어제 농구 시합에서 신입생을 이겼어요. 당연히 우리는 매우 기뻤지요. 3학년을 이길 수 있다면 정말 기쁠 텐데! 온 몸이 멍이 들어 걱정이에요. 한 일주일 정도는 침대에 있는 시간 동안 멍든 부위에 개암나무를 댄 뒤 붕대로 감싸고 있어야겠어요.

샐리가 크리스마스 휴가 때 자기 집에 놀러 오라며 저를 초대했습니다. 그녀는 매사추세츠의 우스터에 살아요. 저는 태어나서 개인 가정을 방문해 본 적이 한 번도 없답니다. 물론 록 윌로우 농가에 머물긴 했지만 샘플 부부는 연세가 많으시니 제외해야지요. 맥브라이드의 집에는 아이들이 많이 있고(적어도 두세 명은 되겠지요), 어머니와 아버지 그리고 할머니와 앙고라 고양이가 있대요. 정말 완벽한 가족이지요! 짐을 꾸려 멀리 떠가는 것은 이 곳에 머무르는 것보다 훨씬 더 재미있는 일이에요. 저는 기대로 너무 흥분한 상태랍니다!

7교시 수업으로 연극 리허설이 있어요. 추수감사절 연극에 출연하거든요. 노란 곱슬머리를 하고 보라색 웃옷을 입은 채 탑에 머무는 왕자 역할을 맡았어요. 재미있겠지요?

J.A. 올림.

일요일

제가 어떻게 생겼는지 궁금하지 않으세요? 여기 레오노라 펜튼이 찍어 준 우리 셋의 사진을 보냅니다.

밝게 웃고 있는 아이가 샐리고, 코를 치켜 든 키가 큰 아이가 줄리아예요. 그리고 머리카락이 얼굴에 날린 작은아이가 바로 주디랍니다. 실제로 주디는 더욱 예쁜데 햇빛 때문에 눈이 부셔서 그런 거예요.

'스톤 게이트'

매사추세츠 우스터에서, 12월 31일

키다리 아저씨께.

크리스마스에 보내 주신 돈에 대해 아저씨께 감사의 편지를 벌써 보냈어야 하는데, 맥브라이드 집에서의 생활이 너무 흥미로워서 책상에 앉을 단 2분의 시간도 없었어요.

이번에 드레스를 하나 새로 샀습니다. 꼭 필요한 것은 아니었지만, 사고 싶었거든요. 올 크리스마스 선물은 키다리 아저씨께 받은 거예요. 저의 가족은 단지 사랑만 보냈고요.

저는 샐리의 집에서 가장 즐거운 크리스마스 휴가를 보내고 있습니다. 그녀의 집은 하얀 장식이 눈에 띄는 오래된 벽돌집인데, 제가 존 그리어 고아원에 있을 때 그 안이 어떻게 생겼을까 궁금해하던 바로 그런 종류의 집이랍니다. 저는 제 눈으로 그런 집을 직접 보게 될 줄은 꿈에도 몰랐어요. 그런 집을 정말 보게 되다니! 모든 것이 제 집처럼 편안하고 안락해요. 저는 가구들에 취해 이 방 저 방을 돌아다니지요.

아이들을 키우기에 정말 좋은 집이에요. 숨바꼭질하기에 적당한 그늘진 구석과 팝콘을 만들 수 있는 벽난로, 비 오는 날 놀기 좋은 다락방, 미끄러운 계단 난간에 있는 미끄럼 방지 시설, 햇볕이 폭

넓게 잘 들어오는 주방, 그리고 13년 동안 아이들에게 빵을 구워 주기 위해 항상 밀가루 반죽을 조금씩 떼어 놓는 인자하시고 뚱뚱하신 유쾌한 요리사가 있어요. 다시 아이가 되고 싶게 만드는 그런 집이랍니다.

가족들도 너무 좋아요! 저는 이런 좋은 가족을 꿈꿔 보지도 못했어요. 샐리와 샐리의 아버지, 어머니, 그리고 세 살 된 곱슬머리 여동생, 항상 발 씻는 것을 잊어버리는 보통 키의 남동생과 키 크고 잘생긴 프린스턴 대학 3학년의 오빠 지미가 바로 이 단란한 가정의 구성원들이에요.

식탁에 있을 때가 가장 즐거워요. 모두들 웃고 농담하면서 떠들썩하게 식사를 하지요. 게다가 식사하기 전 감사기도를 하지 않아도 된답니다. 저는 식사 때마다 감사기도를 하지 않아도 된다는 것이 안심이에요(제가 불경스럽다고 여기실 수 있지만, 만약 아저씨도 저처럼 의무적으로 감사기도를 하라고 강요 당했다면 저랑 똑같으실 거예요).

우리는 많은 일을 했어요. 어떻게 말을 시작해야 할지 모를 정도로요. 아버지인 맥브라이드 씨는 공장을 운영하시는데, 크리스마스 이브에 직원들의 자녀를 위해 크리스마스 트리를 만들었어요. 사철나무와 호랑가시나무에 멋지게 장식을 해서 포장실에 두었지요. 지미 맥브라이드는 산타클로스 복장을 했고, 샐리와 저는 그 옆에서 선물을 나눠 주는 것을 도왔습니다.

아저씨, 참 이상한 느낌이었어요! 제가 존 그리어 고아원의 이사가 되어 자선을 베푸는 것 같았지 뭐예요. 저는 사탕을 먹어 입가가 끈적끈적한 귀여운 소년에게 키스를 해 주었어요. 그러나 절대로 그들의 머리를 쓰다듬지는 않았습니다!

크리스마스 후 이틀 동안은 저를 위한 무도회가 열렸답니다.

저는 무도회에 참석한 것이 처음이에요. 대학에서 여학생들끼리 춤을 춘 것을 제외하고요. 저는 새로 산 하얀색 드레스를 입고(아저씨의 크리스마스 선물이지요. 정말 감사 드려요), 긴 하얀 장갑과 하얀 새틴 신발을 신었습니다. 완벽하고, 철저하고, 절대적인 행복에서 하나의 결점이라면, 지미 맥브라이드와 무도회에서 춤추는 모습을 리펫 원장님께 보여 드리지 못한 거예요. 혹시 다음에 고아원을 방문하실 일이 생기면 원장님께 이 사실을 꼭 전해 주세요.

아저씨의 영원한, 주디 애벗.

PS. 아저씨, 제가 위대한 작가가 되지 못하고 그냥 평범한 소녀로 남는다면 아저씨는 실망하시겠지요?

토요일 6시 30분

아저씨께.

우리는 오늘 마을 구경을 했어요. 그런데 이런! 갑자기 비가 쏟아지는 거예요. 저는 비보다 눈이 내리는, 겨울다운 겨울이 좋아요.

줄리아의 매력적인 삼촌이 오늘 오후에 들렀어요. 5파운드 짜리 상자를 가지고요. 줄리아와 같은 방을 쓰는 것은 정말 이점이 많아요.

우리들의 수다가 저비스 펜들턴 씨를 즐겁게 했고, 공부방에서 차를 마시기 위해 다음 기차를 타야만 했지요. 우리는 그가 기숙사에 들어올 수 있도록 하기 위해 많은 노력을 했어요. 아버지나 할아버지가 기숙사에 들어오는 것도 허락 받기 어려운데 하물며 삼촌은 오죽하겠어요. 줄리아는 공증인 앞에서 그녀의 삼촌이라는 것을 서명해야 했고, 사무원 증명서를 첨부했어요(아저씨는 법에 대해 아시겠지요?). 이렇게 했음에도 만일 사감이 저비스 펜들턴 씨처럼 젊고 잘생긴 남자라는 사실을 알았다면 우리는 아마 차를 마시지 못했을 거예요.

어쨌든, 우리는 차와 함께 갈색 빵에 치즈를 넣은 샌드위치를 먹었습니다. 저비스 펜들턴 씨는 샌드위치 만드는 것을 도와 주었고 4개나 먹었어요. 저는 지난 여름에 록 윌로우 농장에서 지낸 것을 말했고, 우리는 샘플 부부와 말, 소, 닭들에 대해 이야기하며 즐거운 시간을 보냈지요. 그런데 그가 아는 모든 말이 그로브만 제외하고 다 죽었어요. 저비스 펜들턴 씨가 록 윌로우 농장에서 지낼 때 그로브는 망아지였답니다. 그런데 불쌍한 그로브는 이제 늙어 목장에서 절뚝거리며 다녀요.

저비스 펜들턴 씨는 식기실의 가장 밑 선반에 있는, 파란색 접시로 덮은 노란 항아리에 아직도 도넛이 있는지 물었어요. 여전한걸요! 그리고 목장의 돌더미 사이에 쥐구멍이 아직 있는지도 물었어요. 그것도 여전해요! 아마사이가 여름에 크고 뚱뚱한 회색 쥐 한 마리를 잡았는데, 그것은 어쩌면 저비 도련님이 어렸을 때 잡은 쥐의 25대 손일지도 모르지요.

제가 '저비 도련님'이라고 불러도 그는 전혀 기분 나빠하지 않았어요. 줄리아의 말로는 그가 원래 붙임성이 있는 성격이 아니었대요. 매우 다가가기 힘든 사람이었다고 하네요. 하지만 제 생각에는 줄리아가 재치가 없어서 남자에게 다가가지 못하는 것 같아요. 남자는 잘 쓰다듬어 주면 온순해지지만 잘못 쓰다듬으면 침을 뱉지요(우아한 은유는 아니지만 상징적인 것입니다).

우리는 마리 바슈키르체프의 일기를 읽고 있어요. 그 글은 정말 대단하지 않나요? 이걸 한 번 보세요. '지난밤 나는 절망에 사로잡혀 신음을 하다 마침내 식당의 시계를 바다 속으로 던져 버렸다.'

저는 이 일기를 읽을 때마다 제가 천재가 아니기를 바란답니다. 천재들은 자기가 가진 것을 견디지 못하고, 가구를 하나하나 파괴해 나가지요.

이런! 비가 쏟아지고 있어요. 오늘밤 예배당에 가기 위해 수영을 해야겠어요.

아저씨의 영원한, 주디 올림.

1월 20일

키다리 아저씨께.

아저씨, 혹시 요람에 있는 귀여운 여자아이를 잃어버린 적 없으신가요? 그렇다면 그 아이가 바로 저일 겁니다. 만약 우리가 소설 속 주인공이라면 이렇게 결론 지어질 거예요. 정말 그렇겠지요?

자신의 출생 배경에 대해 잘 모른다는 것은 참 묘한 기분이 들게 해요. 흥미롭고 로맨틱하기까지 하지요. 참 많은 가능성이 있습니다. 아마 저는 미국인이 아닐 거예요. 많은 사람들이 미국인이 아니니까요. 고대 로마인의 직계 후손일 수도 있고, 바이킹의 딸일 수도 있고, 러시아 망명인의 딸로 시베리아 감옥에서 태어났을 수도 있고, 아니면 집시일 수도 있어요. 제 생각에는 집시인 것 같아요. 방랑하는 기질이 좀 있거든요. 비록 그 기질을 발달시킬 만한 기회가 많지는 않았지만요.

아저씨는 제 경력 가운데 불미스러운 부분이 있다는 것을 알고 계실 거예요. 과자를 훔친 죄로 벌을 받아 고아원을 도망쳤던 일 말이에요. 그건 고아원의 보고서에 적혀 있으니 모든 이사님이 다 읽으셨겠지요. 그런데 어떻게 생각하세요? 배고픈 아홉 살 된 여자아이에게 칼을 닦으라며 바로 옆에 과자 항아리가 있는 식료품실에 홀로 있으라고 한다면, 그러고는 불쑥 나타났다면, 그녀 입가에 과자

부스러기가 남아 있는 것이 당연하지 않을까요? 그리고 그 아이의 팔꿈치를 잡아당기고, 귀 주변을 때리고, 푸딩이 나왔을 때 그것을 먹지 못하게 하면서 다른 모든 아이들에게 그녀가 도둑질을 했기 때문에 푸딩을 먹지 못하게 하는 것이라고 말했다면, 그녀가 도망치는 것이 당연하다고 생각지 않으시나요?

저는 단지 4마일을 도망쳤습니다. 그들이 저를 잡아서 다시 데리고 왔지요. 그리고 일주일 내내 다른 아이들이 노는 동안 말썽꾸러기 강아지처럼 뒤뜰에 묶여 있었어요.

이런! 예배 종이 울리네요. 예배 후엔 위원회 회의가 있어요. 이번 편지에는 재미있는 일을 적으려 했는데 그러지 못해 죄송합니다.

친애하는 아저씨께, 주디 올림.

PS. 제가 확신할 수 있는 일이 단 한 가지 있어요. 저는 분명 중국인은 아닙니다.

2월 4일

키다리 아저씨께.

지미 맥브라이드가 방바닥까지 닿는 커다란 프린스턴 대학 교기를 보내 주었어요. 그가 저를 기억하고 있다는 것은 매우 영광스러운 일이지만, 그 기를 가지고 무엇을 할 수 있을지는 모르겠어요. 샐리와 줄리아는 그것을 걸어 두는 것을 원치 않아요. 우리 방의 가구들은 대부분 붉은 계열인데, 그 곳에 오렌지빛과 검은빛을 띠는 물건을 걸어 두면 어떨지 상상해 보세요. 하지만 그 기는 정말 좋고 따뜻하고 두툼해서, 그냥 두기에는 너무 아까워요. 목욕 가운으로 만들면 좀 이상할까요? 지금 사용하는 낡은 가운은 빨면 줄어들거든요.

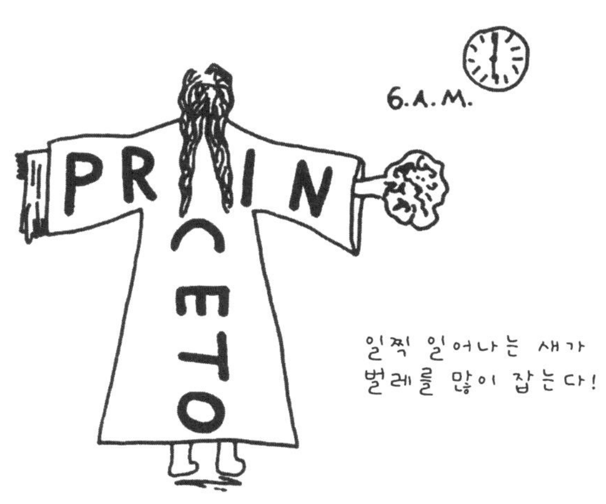

제가 요즘 무엇을 배우고 있는지 말씀드리지 않았네요. 아저씨는 제 편지를 통해 짐작하실 수 없겠지만, 저는 공부에 전념하고 있습니다. 다섯 과목을 공부하느라 정신이 없을 정도예요.

"진정한 학자는 세밀한 것에 대한 수고를 아끼지 않아야 한다"라고 화학 교수님이 말씀하셨어요.

그런데 역사 교수님은 "세밀한 것에 집착하는 것을 주의하라. 충분히 먼 거리에서 완전한 것을 관찰하라"고 말씀하셨지요.

우리는 화학과 역사 사이를 잘 항해해 나가고 있습니다. 저는 역사적인 방법이 더 좋아요. 역사 교수님이 보기에는 정복자 윌리엄이 1492년 왔다거나, 콜럼버스가 1066년 또는 1100년에 아메리카 대륙을 발견했다거나 하는 것은 그야말로 사소한 일일뿐이지요. 역사 시간에는 편안한 감정을 느끼지만 화학 시간에는 그렇지 못한 게 사실이에요.

6교시 종이 울립니다. 이제 저는 산과 소금과 알칼리 같은 사소한 문제를 공부하러 실험실로 가야 해요. 제 화학실험 옷은 염산으로 인해 접시만 한 구멍이 났어요. 이론대로라면 강한 암모니아로 그 구멍을 중화시킬 수 있겠지요?

다음주에 시험이 있긴 하지만, 뭐가 두렵겠습니까?

아저씨의 영원한, 주디 올림.

3월 5일

키다리 아저씨께.

3월의 바람이 불고 있습니다. 하늘은 무겁고 검은 구름으로 가득 차 있어요. 소나무 위에서는 까마귀들이 소란스럽게 울고 있고요! 그 소리는 마음을 도취시키고 기분을 들뜨게 합니다. 책을 덮고 밖으로 나가 바람과 언덕까지 경주를 하고 싶어요.

우리는 지난 토요일, 종이 추적 놀이를 하며 질퍽한 시골을 5마일 이상 달렸어요. 많은 색종이 조각을 지닌 세 명의 소녀로 구성된 여우는 27명의 사냥꾼보다 30분 먼저 출발했습니다. 저는 그 27명 가운데 하나였어요. 27명 가운데 8명은 도중에 포기했고 19명은 끝까지 갔지요. 종이를 남긴 여우의 흔적은 언덕을 지나 옥수수밭을 지나 늪지로 이어졌고, 우리는 마른땅에서 마른땅으로 뛰어가며 열심히 움직였습니다. 물론 우리 가운데 절반은 발목까지 빠지기도 했어요. 우리는 여우의 색종이 흔적을 놓쳐 25분이나 시간을 낭비했지요. 그런데 숲을 지나 언덕에 다다랐을 때 헛간 창문이 하나 보였어요! 그 헛간의 모든 문은 잠겨 있었고 창문은 너무 높고 작았지요. 여우가 들어가기에는 불가능하리라 생각했어요.

우리는 헛간으로 들어가지 않고 그 주변을 돌았고, 낮은 지붕을 지나 울타리로 이어진 흔적을 발견했어요. 여우는 우리를 헛간에서 헤매게 만들었다고 생각하겠지만, 우리는 반대로 그 여우를 바보라 생각했지요. 굽이치는 초원을 지나 2마일을 달렸는데 색종이가 점점 더 작아져 그들을 찾는 것이 힘들었어요. 규칙은 6피트 간격으로 색종이를 두어야 하는데 그들이 놓은 색종이는 6피트라기엔 좀 길었지요. 우리는 마침내, 두 시간을 이리저리 뛰어다닌 끝에 여우가 크리스털 스프링 농장(학생들이 썰매나 건초 마차를 타고 와서 치킨이나 와플을 사 먹는 곳입니다)의 부엌으로 들어간 것을 추적했고, 결국 세 여우가 평화롭게 우유와 꿀과 비스킷을 먹고 있는 것을 발견했어요. 그들은 우리가 따라오리라고 상상도 못했지요. 우리가 헛간의 창문에만 매달려 있을 거라 생각했었나 봐요.

양쪽 다 이겼다고 주장했어요. 제가 보기엔 우리가 이긴 것 같아요. 왜냐하면 그들이 캠퍼스로 돌아가기 전에 그들을 잡았으니까요. 제 말이 맞지요? 어쨌든 우리 19명은 여기저기 앉아 꿀을 달라고 소리쳤어요. 모두 다 먹기에 충분하지는 않았지만, 크리스털 스프링 부인(이것은 우리가 붙여 준 그녀의 애칭이고 실제 이름은 존스입니다)은 딸기잼 한 단지와 우리가 지난주에 만든 단풍나무 시럽을 가져 왔고, 갈색 빵 세 덩어리도 내놓으셨어요.

우리는 6시 반쯤에 학교에 도착했습니다. 저녁식사 시간에 30분 정도 늦어서 우리는 옷도 갈아입지 않고 바로 식당으로 갔지요. 모두들 정말 엄청나게 먹었어요! 그리고 우리의 신발 상태 때문에 저녁 예배에 참석하지 않았답니다.

시험에 대해 말씀드리지 않았네요. 저는 모든 과목을 쉽게 통과했습니다. 이제 다시 낙제라는 건 없을 거예요. 1학년 때의 그 몹쓸 라틴 산문과 기하학 때문에 저는 아마 졸업할 때 우등생이 되지 못할 거예요. 그러나 그건 중요하지 않다고 봐요. 지금 이렇게 행복한데 무엇을 더 바라겠어요?(이것은 인용문이에요. 요즘 영국 고전문학을 읽고 있거든요.)

고전문학에 대해 말하자면, 혹시 『햄릿』을 읽어 보셨나요? 만약 읽지 않으셨다면 꼭 읽어 보세요. 그것은 완벽하고 굉장한 작품입니다. 저는 셰익스피어의 이름은 들어 봤지만, 그가 이렇게 글을 잘 쓰리라고는 상상도 못했어요. 그의 명성이 지나친 것은 아닐까라고 생각했었지요.

제가 글을 읽기 시작한 오래 전, 저는 아주 재미있는 놀이를 발명했답니다. 저는 매일 밤, 읽고 있는 책 속의 주인공이 된 내 자신을 생각하며 잠이 들지요.

저는 지금 오필리아예요! 매우 감각적인 오필리아! 항상 햄릿을 즐겁게 해 주고 어루만져 주고 꾸짖으며, 그가 감기에 걸렸을 때는 그의 목을 감싸 주지요. 그의 우울증은 완전히 고쳐집니다. 왕과 왕비 둘 다 바다에서 사고로 죽어서, 장례식도 필요 없어요. 그래서 햄릿과 저는 어떤 방해도 받지 않고 덴마크를 다스리지요. 우리 왕국은 아름답습니다. 그는 정치를 책임지고 저는 복지를 맡고 있어요. 저는 최고로 완벽한 고아원 몇 개를 만들었습니다. 만약 아저씨나 다른 이사님들이 방문하길 원하신다면 즐거운 마음으로 보여 드릴 거예요. 그 곳은 그들에게 좋은 표본이 될 겁니다.

아저씨의 자비로운 오필리아로 남고 싶은,
덴마크의 여왕으로부터.

3월 24일 아니면 25일

키다리 아저씨께.

저는 제가 천국에 갈 수 있다고 생각하지 않아요. 이 곳에서 이렇게 좋은 일들을 많이 경험하는데 죽어서도 좋은 일들이 계속된다면 공평하지 않겠지요. 무슨 일이 있었는지 들어 보세요.

제루샤 애벗은 「월간 교지」에서 매년 개최하는 단편 소설 공모전에 당선되었습니다(상금은 25달러예요). 그녀는 이제 고작 2학년인데! 공모자는 대부분 4학년 학생들이에요. 제 이름이 붙은 것을 보았을 때 저는 그것이 사실이 아닐 거라고 생각했어요. 제가 정말 작가가 되긴 될 건가 봐요. 저는 리펫 원장님이 저에게 제루샤 애벗이라는 이상한 이름을 지어 주지 않았다면 하는 생각을 종종 합니다.

제 이름은 작가답지 않거든요. 아저씨 생각은 어떠세요?

저는 또 춘계 연극에 출연합니다. 「당신이 원하는 대로 하세요」라는 연극을 야외극장에서 상연할 건데, 저는 로잘린드의 사촌인 실리아 역을 맡았어요.

그리고 마지막으로, 줄리아와 샐리 그리고 저 이렇게 셋이 다음 주 금요일 뉴욕에 갈 겁니다. 봄철 물건을 조금 사고 그 곳에 머물렀다가 다음날 저비 도련님과 극장에 갈 예정이에요. 그가 우리를 초대했거든요. 줄리아는 그녀 집에 머무를 거고, 샐리와 저는 마르타 워싱턴 호텔에 머무를 거예요. 이렇게 흥미로운 일이 또 있을까요? 저는 지금까지 호텔에서 자 본 적이 없고 또 극장에 가 본 적도 없어요. 근처 성당에서 축제 때 고아들을 초대해 한 번 본 적은 있지만, 그땐 실제로 연극을 하는 것이 아니었으니까 제외해야지요.

저희가 어떤 공연을 보기로 했는지 짐작하실 수 있겠어요? 바로 『햄릿』입니다. 생각해 보세요! 우리는 셰익스피어를 4주 동안 공부했고 이젠 외울 수 있을 정도예요.

이 모든 일들이 너무 기대되고 흥분되어 잠을 이룰 수 없을 것 같아요.

아저씨, 안녕히 계세요. 정말로 즐거운 세상입니다.

아저씨의 영원한, 주디 올림.

PS. 달력을 보니 28일이네요.

또 한 가지 추신.

오늘 한쪽 눈동자는 갈색이고 또 다른 눈동자는 푸른색인 전차 차장을 봤어요. 그가 추리소설의 악당 역으로 적절하다고 생각하지 않으세요?

4월 7일

키다리 아저씨께.

뉴욕은 정말 거대하네요! 우스터는 뉴욕에 비하면 아무것도 아니에요. 아저씨는 정말로 이렇게 혼란스러운 곳에 살고 계신가요? 저는 뉴욕에 머무는 이틀 동안 너무 어리둥절해서 몇 달 동안 회복되지 못할 것 같아요. 제가 본 놀라운 것들에 대해 말씀드려야 하는데 어떻게 시작해야 할지 모르겠습니다. 아저씨는 뉴욕에 살고 계시니까 너무나 잘 아시겠죠?

거리는 정말 재미있지 않나요? 사람들은 어떤가요? 또 가게들은요? 저는 지금껏 쇼윈도 안에 그렇게 아름다운 물건들이 있는 것을 본 적이 없어요. 그 옷을 입는 것에 목숨을 바치고 싶을 정도였답니다.

샐리와 줄리아 그리고 저는 토요일 오후 함께 쇼핑을 했어요.

$ 185
$ 215

줄리아는 제가 지금껏 본 것 중 가장 멋진 가게로 들어갔습니다. 흰색과 금색으로 칠해진 벽과 푸른색 카펫, 푸른색 커튼과 도금한 의자가 있는 가게였지요. 금발에 검은 실크 가운을 입은 완벽한 귀부인이 우리에게 다가와 미소를 지었어요. 저는 순간 사교적 방문이라 착각하고 악수를 하려고 했지 뭐예요. 우리는 단지 모자를 사기 위해 들어간 거였는데. 아니 적어도 줄리아는요. 그녀는 거울 앞으로 가서 12개의 모자를 써 봤는데 하나같이 아름다웠어요. 그녀는 그중에서 가장 아름다운 모자 두 개를 샀습니다.

저는 그 순간, 거울 앞에 앉아 가격에는 신경 쓰지 않은 채 마음에 드는 모자를 고르는 것보다 더 즐거운 삶을 상상할 수 없었어요. 아저씨, 이건 정말 의심할 여지도 없어요. 뉴욕은 존 그리어 고아원에서 참을성 있게 길러진 금욕적인 성향을 재빨리 손상시킬 것 같아요.

우리는 쇼핑을 마치고 셸리 음식점에서 저비 도련님을 만났습니다. 아저씨도 셸리에 가 보셨지요? 그 곳을 떠올려 보세요. 그리고 기름진 천으로 씌워진 식탁, 잘 깨지지 않는 흰 오지 그릇, 나무 손잡이 나이프와 포크를 사용하는 존 그리어 고아원의 식당도 떠올려 보세요. 그리고 제가 느낀 것을 상상해 보세요!

저는 잘 모르고 생선용 포크가 아닌 다른 포크로 생선을 먹었는데, 웨이터가 친절하게도 다른 사람들이 눈치채지 못하게 포크를 바

꿔 줬어요.

식사 후 우리는 극장에 갔습니다. 그 곳은 눈부시고 믿을 수 없을 정도로 멋진 곳이었어요. 저는 매일 밤 그 곳을 꿈꾼답니다.

셰익스피어도 멋지지 않을까요?

『햄릿』은 우리가 교실에서 분석했을 때보다 무대에서 더 훌륭했어요. 저는 전에도 이 작품에 감동 받았지만 지금은 너무도 소중한 작품이 되었지요!

아저씨만 상관 없으시다면 저는 작가보다 배우가 되고 싶어요. 제가 대학을 떠나 연기 학교로 가는 것이 좋지 않을까요? 제가 출연하는 작품마다 초대권을 보내 드릴게요. 그리고 조명등 너머로 미소도 보내 드릴게요. 아저씨는 웃옷 단춧구멍에 빨간 장미를 꽂아 두세요. 그래야 정확히 아저씨께 미소를 보낼 수 있을 테니까요. 만약 엉뚱한 사람에게 미소를 보내는 실수를 한다면 저는 아주 당황할 거예요.

우리는 지난 토요일에 돌아왔습니다. 그리고 분홍색 램프가 켜 있고 흑인 웨이터가 서빙을 하는 기차의 작은 식탁에서 저녁을 먹었어요. 저는 기차에서 식사를 할 수 있는지 몰랐고, 생각 없이 그것을 말해 버렸지요.

"넌 어디서 자랐니?" 줄리아가 묻더군요.

"마을에서." 저는 온순한 말투로 줄리아에게 대답했습니다.

"그럼 넌 여행을 해 본 적도 없어?" 줄리아가 다시 물었어요.

"응, 대학에 올 때 처음 탔는데, 그땐 거리가 겨우 160마일밖에 안 되어서 식사를 하지 않았어." 제가 줄리아에게 말했지요.

제가 가끔 이런 이해할 수 없는 말을 해서인지, 줄리아는 점점 더 저에게 관심을 보이고 있어요. 저는 그러지 않으려고 무척 신경 쓰지만, 놀라운 것을 보면 갑자기 말이 튀어나온답니다. 게다가 놀라운 것이 주변에 너무 많아요. 18년 동안 존 그리어 고아원에서 자라다가 갑자기 세상에 뛰어들었으니 현기증 나는 경험들에 둘러싸일 수밖에요.

하지만 저는 차츰 익숙해지고 있어요. 이제는 전에 한 것과 같은 당황스러운 실수는 하지 않습니다. 그리고 이젠 다른 친구들과 있어도 전혀 불편하지 않아요. 전에는 사람들이 저를 쳐다볼 때 참 어색했어요. 제가 아무리 새 옷을 입어도 사람들은 제가 고아원에서 입었던 체크무늬 옷을 입고 있다고 생각한다는 착각에 빠지곤 했지요. 하지만 이제는 더 이상 체크무늬 옷이 저를 괴롭히지 않아요. 어제의 고통은 그 당시의 불행일 뿐이니까요.

아참, 꽃에 대해 말씀드리지 않았네요. 저비 도련님이 우리에게 각각 제비꽃과 백합꽃 한 다발을 주셨어요. 정말 친절하신 분이지요? 저는 남자에게 관심이 많지 않았어요. 아, 이건 이사님들을 생각한 겁니다. 그런데 제 마음이 변하고 있어요.

11쪽 – 이건 편지예요! 용기를 가지세요. 이제 마칠게요.

항상 변함 없는, 주디 올림.

4월 10일

부자 아저씨께.

여기 아저씨의 50달러 수표를 돌려보냅니다. 감사하지만 저에게는 그 돈이 필요 없다고 생각합니다. 저에게 필요한 모자를 사는데 제 용돈이면 충분합니다. 모자가게에 대해 바보 같은 이야기를 써서 죄송합니다. 저는 단지 예전에 그와 같은 곳을 본 적이 없다는 것을 말하고 싶었을 뿐입니다.

어쨌든, 저는 구걸하고 싶지 않습니다. 그리고 지금까지 아저씨가 해 준 것 이상의 자선은 원치 않습니다.

제루샤 애벗 올림.

4월 11일

친애하는 아저씨께,

아저씨, 제가 어제 쓴 편지를 용서해 주시겠어요? 그 편지를 부치고 나서 어찌나 죄송스럽던지. 그래서 다시 찾아오려고 했지만 사나운 우체부 아저씨가 돌려주지 않았어요.

지금은 한밤중입니다. 저는 제가 마치 벌레 같다는 생각이 들어 몇 시간째 잠을 이루지 못하고 있어요. 발이 천 개 달린 벌레 말이에요. 이건 제가 할 수 있는 가장 나쁜 표현이에요! 줄리아와 샐리가 깨지 않도록 조용히 문을 닫고, 아저씨께 편지를 쓰기 위해 역사 공책을 찢은 뒤 침대에 앉아 있어요.

저는 단지 아저씨가 보내 주셨던 수표에 대해 무례하게 행동한 것을 사과 드리고 싶어서 이렇게 펜을 들었습니다. 아저씨가 친절한 마음으로 그걸 보내셨다는 것을 알면서도, 그리고 아저씨가 모자 같은 작은 일에도 신경 써 주신다는 것을 알면서도, 저는 좀더 공손하게 아저씨께 수표를 돌려보내지 않았어요.

하지만 그 돈은 돌려보내야만 했습니다. 저는 다른 소녀들과는 달라요. 그들은 다른 사람에게 선물 받는 것이 너무나 자연스럽지요. 그들에게는 아버지와 오빠, 숙모와 삼촌이 있어요. 그러나 저에게는 그런 가족이 없습니다. 저는 아저씨가 가족인 척하는 것이 좋긴 하지만 그건 단지 상상일 뿐이고, 솔직히 아저씨는 저의 가족이 아닌 걸요. 저는 정말로 혼자입니다. 벽에 등을 대고 세상과 싸우고 있지요. 이런 생각을 하면 솔직히 숨이 막혀요. 단지 이런 생각을 제 마음에서 꺼내고 그렇지 않은 척하고 있을 뿐이에요. 아저씨, 제 마음을 아시겠지요? 저는 필요 이상의 돈은 받지 않겠습니다. 왜냐하면 언젠가 저는 그 돈을 갚을 것이고, 제가 바라는 대로 훌륭한 작가가 된다 해도 그런 엄청난 돈을 다 갚을 수는 없을 테니까요.

저는 예쁜 모자와 물건들을 좋아하지만, 제 미래를 저당 잡히고 싶지는 않습니다.

아저씨, 저의 무례한 행동을 용서해 주시겠지요? 저는 처음 생각한 것을 갑작스럽게 써 버리고 그것을 되찾을 수 없게 우체통에 넣어 버리는 나쁜 습관을 가지고 있어요. 때로는 경솔하고 배은망덕해 보여도 그것이 결코 제 본심이 아니라는 것을 알아주세요. 저는 아저씨가 저에게 주신 삶과 자유와 독립에 대해 항상 감사 드리고 있습니다. 제 어린 시절은 기나긴 방랑의 시간이었지만, 지금은 매 순간 너무도 행복해서 현실이 아닌 것 같아요. 마치 소설 속 주인공이 된 기분이에요.

지금은 2시 15분입니다. 저는 살며시 밖으로 나가 우체통에 이 편지를 넣을 거예요. 아저씨는 어제의 편지를 받은 직후에 다시 이 편지를 받으실 겁니다. 그래서 저에 대한 나쁜 감정이 그리 길게 가지는 않으실 거예요.

아저씨, 안녕히 주무세요.

아저씨를 항상 사랑하는, 주디 올림.

5월 4일

키다리 아저씨께.

지난 토요일 운동회가 있었어요. 정말 볼 만했지요. 먼저 전교생이 흰 린네르를 입고 행진을 했어요. 4학년은 푸른빛에 금빛이 도는 일본식 우산을 들었고, 3학년은 희고 노란 깃발을 들고 행진했지요. 우리 2학년은 눈에 잘 띄는 빨간 풍선을 들었는데, 특히 끈이 느슨해져 풍선이 공중으로 떠올라 갈 때 눈에 더 잘 띄었어요. 신입생은 긴 리본이 달린 초록색 종이 모자를 썼지요. 또 우리는 마을에서 푸른 유니폼의 악단을 초청했습니다. 그리고 경기와 경기 사이에 관객들을 즐겁게 해 주기 위해 서커스 단원 등 재미있는 사람들을 열 명 정도 불렀어요.

줄리아는 뚱뚱한 시골 아저씨로 분장했는데, 린네르 옷에 수염을 달고 부푼 우산도 들었습니다. 키가 크고 마른 패치 모리어티(실제로는 패트리샤예요. 아저씨는 그 이름을 들어 보셨나요? 리펫 원장님도 이 이름보다 더 잘 짓지는 못하실 거예요)는 줄리아의 부인 역할로, 초록색의 우스꽝스러운 모자를 한 쪽 귀에 걸쳤어요. 그들이 운동장을 돌 때 웃음소리가 멈추지 않았지요. 줄리아는 맡은 역할을 잘 소화해냈어요. 저는 펜들턴 가 사람이 그런 희극 연기를 할 수 있으리라고는 꿈에도 상상하지 못했습니다. 저비 도련님에게는 미안하지만, 저는 저비 도련님을 실제 펜들턴 가 사람이라고 생각하지 않아요. 아저씨를 실제 이사님으로 여기지 않는 것처럼 말이지요.

샐리와 저는 경기에 참가해야 했기 때문에 행진은 하지 않았어요. 아저씨, 어땠을 거라 생각하세요? 우리는 둘 다 경기에서 우승했어요! 물론 우승하지 못한 종목도 있지요. 우리는 넓이뛰기에서는 졌답니다. 하지만 샐리는 장대높이뛰기에서 우승(7피트 3인치를 뛰었어요)했고, 저는 50야드 달리기에서 우승(8초였어요)했습니다.

결승점에서 숨이 가쁘긴 했지만, 우리 2학년이 풍선을 흔들며 큰소리로 응원해 주는 것을 보니 정말 신이 났어요.

주디 애벗에게 무슨 일이 있나?
그녀는 괜찮아.
누가 잘하지?
주디 애벗!

50 YARD
19
5

아저씨, 이건 명예로운 일이에요. 옷을 갈아입는 천막으로 가니, 알코올로 닦아 주고 레몬을 빨아먹게 해 주더라고요. 제법 전문가답지 않나요? 자기 학년 경기에서 이기는 것은 정말 좋은 일입니다.

왜냐하면 가장 많이 이긴 학년은 그 해의 우승컵을 가질 수 있거든요. 올해는 일곱 종목에서 승리한 4학년이 우승했어요. 체육 협회는 우승자 전원을 초청해 체육관에서 만찬을 베풀었어요. 우리는 부드러운 게튀김과 농구공 모양을 한 초콜릿 아이스크림을 먹었습니다.

저는 지난밤 절반을 『제인 에어』를 읽으며 보냈어요. 아저씨는 혹시 60년 전을 기억해야 할 만큼 연세가 드셨나요? 만약 그렇다면 그 당시 사람들은 정말 그렇게 말했나요?

거만한 블랑시 부인이 하인에게 "이 악당아, 그만 떠들고 어서 내가 시킨 일이나 해"라고 말합니다. 로체스터 씨는 하늘을 금속성 창공이라고 하지요. 그리고 침대 커튼에 불을 지르고 면사포를 찢고 물어뜯는, 게다가 하이에나 소리로 울부짖는 미친 여자가 있어요. 이건 완전히 멜로 드라마예요. 하지만 다른 책들처럼 읽고 또 읽게 되지요. 교회 뜰에서만 생활한 소녀가 어떻게 이런 책을 쓸 수 있었는지 모르겠어요. 브론테 자매는 저를 매혹시키는 뭔가를 가지고 있습니다. 그들의 책, 그들의 삶, 그들의 정신이 바로 그것들이에요. 그들은 그것들을 도대체 어디에서 얻었을까요? 저는 제인이 자선학교에서 겪은 문제를 읽었을 때 매우 화가 나서 밖으로 나가 산책을 했어요. 저는 그녀의 감정을 정확하게 이해할 수 있거든요. 리펫 원장님을 알고 있기에 브로클허스트 씨를 알 수 있어요.

아저씨, 화내지 마세요! 제가 존 그리어 고아원이 로우드 자선학교와 똑같다고 말하는 것은 절대 아니에요. 우리는 먹을 것과 입을 것 그리고 세수할 물도 있었으며 지하실에는 난로도 있었으니까요. 그러나 무서울 정도로 똑같은 것이 하나 있어요. 우리의 삶은 매우 단조로워 특별한 게 하나도 없다는 점입니다. 18년 동안 단 한 번 흥미로운 일이 있었어요. 나무 저장고에 불이 났어요! 우리는 밤중에 일어나 고아원에 불이 옮겨 붙을 것에 대비해 옷을 입었지요. 하지만 불은 곧 진화되었고 우리는 다시 잠자리에 들었어요.

모두들 깜짝 놀랄 만한 일이 가끔 있었으면 좋겠다는 생각을 해요. 이것은 인간의 자연스러운 욕망이지요. 저는 리펫 원장님이 저를 사무실로 불러, 존 스미스 씨가 대학에 보내 주실 거란 말을 듣기 전까지는 깜짝 놀랄 일이 한 번도 없었어요. 그때도 원장님이 그 소식을 너무도 천천히 말해 주었기 때문에 충격이 적은 편이었지요.

아저씨, 저는 모든 사람에게 가장 필요한 것은 상상력이라고 생각해요. 상상력이 있으면 다른 사람의 입장에서 그들을 볼 수 있거든요. 그러면 보다 친절하면서도 동정심과 이해심이 많은 사람이 되지요. 이런 상상력은 어릴 때부터 길러져야 합니다. 하지만 존 그리어 고아원에서는 상상력이 자라는 조금의 기미라도 보이면 즉시 짓밟아 버리지요. 그들이 장려하는 것은 오직 의무감뿐이니까요. 저는 아이들이 의무감이라는 말의 의미를 알아야만 한다고 생각하지 않아요. 그것은 밉살맞고 혐오스러운 말이니까요. 아이들은 모든 것을 사랑으로 대해야만 합니다.

아저씨, 제가 고아원 원장이 될 때까지 두고 보세요! 이것은 제가 잠자리에 들기 전에 즐겨하는 상상이에요. 저는 세부적인 계획도 짜 두었어요. 식사, 옷뿐 아니라 공부, 오락, 벌칙 등 정말 세부적으로 생각해 두었답니다. 벌칙이요? 저의 뛰어난 고아들도 가끔 잘못을 저지를 테니까요.

어쨌든 그 아이들은 행복할 거예요. 그들 각자가 자라면서 얼마나 많은 시련을 겪게 될지는 몰라도, 돌이켜보았을 때 행복한 어린 시절이 있었다는 것을 알아야 한다고 생각해요. 그리고 제가 자라 만약 아이를 기르게 된다면, 제가 불행했던 것과는 상관없이 그 아이들이 어른이 될 때까지 어떤 걱정도 하지 않게 해 줄 거예요.

아, 예배 종이 울립니다. 이 편지는 다음에 완성해야겠어요.

목요일

오늘 오후 실험실에서 돌아왔을 때, 탁자에 앉아 아몬드를 먹고 있는 다람쥐를 봤어요. 날씨가 따뜻해져 창문을 열어 두니 이런 방문객을 다 대접할 수 있네요.

토요일 아침

아마도 아저씨는 어제 금요일 밤에, 오늘은 주디가 수업이 없으니 지난번 상금으로 산 스티븐슨의 전집을 읽으며 멋지고 조용하게 보냈겠지라고 생각하셨겠지요? 그러나 친애하는 아저씨, 만일 그랬다면 아저씨는 여대에 와 보신 적이 없는 게 확실해요. 여섯 명의 친구들이 퍼지를 만들어 먹자고 몰려왔어요. 그런데 그들 가운데 한 명이 그만 퍼지를 떨어뜨리고 말았답니다. 퍼지가 여전히 액체인 상태일 때요. 그것도 제일 좋은 카펫의 정중앙에 말이지요. 그 자국을 완전히 없애는 것은 불가능한 일 같아요.

최근에는 공부에 관해 거의 말씀드리지 않고 있지만, 매일 밤 저희는 공부를 합니다. 하지만 공부를 벗어나 거대한 인생을 논의할 때 더 큰 안도감이 들어요. 아저씨와 저 사이에 존재하는 일방적인 논의는 전적으로 아저씨의 잘못이지만요. 하지만 아저씨가 언제라도 대답을 주신다면 저는 대환영이에요.

이 편지는 사흘에 걸쳐 쓴 겁니다. 지루하실까 봐 걱정이에요!

좋으신 아저씨, 안녕히 계세요.

주디 올림.

키다리 아저씨 스미스 씨께.

귀하 : 논증과 논제를 항목별로 분류하는 방법을 배웠으므로, 편지를 쓸 때 다음과 같은 형식으로 쓰기로 했습니다. 이것에는 필요한 사실만 담겨 있고, 불필요한 단어는 사용되지 않습니다.

1. 이번주에 필기 시험을 봄.

(1) 화학

(2) 역사

2. 새 기숙사를 짓고 있음.

(1) 그것의 재료

① 붉은색 벽돌

② 회색 석재

(2) 수용 인원

① 한 명의 사감과 다섯 명의 교수님

② 200명의 소녀들

③ 한 명의 관리인, 세 명의 요리사, 20명의 웨이트리스, 20명의 하녀들

3. 오늘밤 디저트는 정킷.

4. 셰익스피어의 희곡에 대한 특별 논문을 쓰고 있음.

5. 오늘 오후 루 맥마혼이 농구를 하다 미끄러짐. 그녀는 :

(1) 어깨 탈골상

(2) 무릎 타박상

6. 새 모자를 삼. 장식은 :

(1) 푸른색 벨벳 리본

(2) 두 개의 푸른 깃털

(3) 세 개의 붉은 방울

7. 지금은 9시 30분.

8. 안녕히 주무세요.

주디 올림.

6월 2일

키다리 아저씨께.

저에게 얼마나 좋은 일이 생겼는지 아저씨는 짐작도 못하실 거예요.

맥브라이드가 애디론댁에 있는 그들의 캠프에서 여름을 보내자고 했답니다! 그 곳은 숲 한가운데 있는 작고 아름다운 호숫가에 지은 클럽이라고 해요. 다른 회원들은 나무들 사이 사이에 통나무로 만든 집을 가지고 있는데, 그들은 호수에서 카누도 타고, 다른 캠프로 이어진 길을 따라 오랫동안 산책을 즐기기도 하며, 클럽하우스에서 1주일에 한 번씩 무도회도 연답니다. 지미 맥브라이드도 그의 대학 친구들을 데리고 여름에 잠시 그 곳에 간다고 하니, 춤출 상대는 많을 것 같아요.

저를 초대해 주신 맥브라이드 부인은 참 친절하시지요? 크리스마스 시즌에 샐리의 집에 머물 때 그녀가 저를 좋게 봤나 봐요.

이 편지가 짧은 것을 용서하세요. 이것은 정식 편지가 아니라, 단지 아저씨께 여름 방학에 대한 계획을 알려 드리고 싶었을 뿐이니까요.

매우 만족하고 있는, 주디 올림.

6월 5일

키다리 아저씨께.

아저씨의 비서가 보낸 편지에, 스미스 씨는 제가 맥브라이드 부인의 초청을 거절하고 지난 여름과 마찬가지로 록 윌로우 농장에 가기를 원하신다고 적혀 있었습니다.

아저씨, 왜, 왜, 왜 그러신 거지요?

아저씨는 그것을 이해하지 못하세요. 맥브라이드 부인은 제가

그 곳에 오길 진심으로 원하셨어요. 저는 그 가정에 폐를 끼치지 않고 오히려 도움이 될 겁니다. 그들은 하인을 많이 데리고 있지 않기 때문에, 샐리와 저는 많은 도움이 될 수 있어요. 그리고 그건 살림을 배울 수 있는 좋은 기회이기도 하고요. 모든 여자들은 살림을 배워두어야 하는데, 저는 오직 고아원의 살림만 알 뿐이니까요.

그 캠프에는 우리 나이대의 소녀가 없기 때문에, 맥브라이드 씨는 제가 샐리의 친구가 되어 주길 바라셨어요. 우리는 함께 많은 책을 읽을 계획도 가지고 있습니다. 다음 학기에 배울 영어와 사회학에 관한 책을 읽기로 했어요. 교수님이 이번 여름 방학 때 책을 읽어두면 큰 도움이 될 거라고 말씀하셨거든요. 함께 책을 읽고 토론을 하면 기억하기가 훨씬 쉬울 거예요.

샐리 어머니와 함께 지내는 것만으로도 교육을 받는 일이라고 생각해요. 그녀는 이 세상에서 가장 재미있고, 유쾌하고, 다정하며, 아주 매력적인 분입니다. 그녀는 정말 모든 것을 알고 계세요. 저는 많은 여름을 리펫 원장님과 보내 봤기에 그 두 분의 차이를 쉽게 알 수 있어요. 그 집이 너무 꽉 차는 것은 아닌가라는 걱정은 하지 마세요. 그 집은 고무로 만들어진 걸요. 사람들이 많을 때는 숲 속에 텐트를 치고 남자아이들을 그 곳으로 내몹니다. 그리고 매번 밖에서 운동을 하니까 즐겁고 건강한 여름이 될 거예요. 지미 맥브라이드는 저에게 말 타는 법, 카누 조정하는 법, 사냥하는 법 등 제가 알아야 하는 많은 것들을 가르쳐 줄 거고요. 이것은 제가 지금껏 가져 보지 못한 즐겁고, 기분 좋고, 태평스러운 시간이 될 거예요. 모든 소녀들이 평생에 한 번은 이런 일을 누려 볼 만하다고 생각합니다. 물론 저는 아저씨가 말씀하신 대로 행할 거예요.

하지만 아저씨 제발, 제발 제가 그 곳에 갈 수 있게 해 주세요. 지금까지 제가 이렇게 간절히 원했던 적은 없었습니다.

이 편지는 미래의 작가, 제루샤 애벗이 쓰고 있는 것이 아닙니다. 어린 소녀, 주디가 쓰고 있는 겁니다.

6월 9일

존 스미스 씨께.

7일에 보내 주신 편지를 받았습니다. 아저씨가 비서를 통해 전달하신 지시에 순응하여, 저는 이번 여름을 록 윌로우 농장에서 보내기 위해 금요일에 떠납니다.

항상 제루샤 애벗으로 남고 싶은,
제루샤 애벗이 올립니다.

록 윌로우 농장에서, 8월 3일

키다리 아저씨께.

그러면 안 된다는 것을 알지만 편지를 쓰지 않은 지 거의 두 달이 되어 가네요. 하지만 이번 여름은 그리 좋지만은 않습니다. 아저씨도 아시다시피 저는 너무 솔직해요!

아저씨는 제가 맥브라이드 가족의 캠프를 포기하면서 얼마나 상심했는지 모르실 거예요. 물론 아저씨가 제 보호자이고 저는 아저씨의 뜻을 따라야 한다는 것을 알고 있지만, 저는 아저씨가 허락하지 않으신 이유를 잘 모르겠어요. 그것은 저에게 올 수 있는 정말 좋은 기회였는데……. 만약 제가 아저씨고 아저씨가 주디라면, 저는 이렇게 말했을 거예요. "축하한다. 가서 즐거운 시간을 보내렴. 새로운 사람들도 많이 만나고 많은 것들을 배워 와라. 밖에 나가 더욱 건강해지고 나아지길 바란다. 그리고 다음 학기에 열심히 공부하기 위해 휴식을 취해라."

하지만 현실은 이렇지 않았어요! 단지 아저씨의 비서를 통해 록 윌로우 농장으로 가라는 간략한 명령뿐이었지요.

아저씨의 명령은 비인간적이어서 제 마음을 상하게 했어요. 만약 아저씨가 아저씨에 대한 저의 감정을 아주 조금이라도 느끼신다면 아저씨의 비서가 타이프 쳐서 보내는 편지 대신에, 아주 가끔은 아저씨가 직접 펜을 쥐고 편지를 써서 보냈을 거예요. 만약 아저씨가 저에게 아주 조금의 관심이라도 보이셨다면, 저는 아저씨가 기뻐하실 수 있는 일은 무엇이든지 했을 겁니다.

물론 아저씨께 답장을 바라지 않은 채, 좋은 내용으로 길고 자세한 편지를 보내야 한다는 것을 알아요. 아저씨는 계약을 잘 이행하고 계십니다. 제가 대학에서 교육 받고 있으니까요. 그리고 아마 아저씨는 제가 계약을 충실히 이행하고 있지 않다고 생각하실 거예요!

하지만 아저씨, 이건 이행하기 어려운 계약이에요. 정말 그래요. 저는 너무 외롭습니다. 아저씨는 제가 관심을 두어야 할 유일한 분인데, 저에게는 마치 그림자와 같은 존재이세요. 아저씨는 단지 제가 만들어낸 상상 속 인물일 뿐입니다. 실제 아저씨는 저의 상상 속 아저씨와 조금도 닮지 않았을 거예요. 아저씨는 단 한 번, 제가 부속병원에 있을 때 편지를 보내 주셨고, 저는 그 사실을 잊어버릴 때마다 다시 카드를 꺼내 읽고 또 읽는답니다.

처음에 아저씨께 말하고 싶었던 것을 아직 말하지 않았네요. 그것은, 독단적이고 강압적이며 비이성적이고 전지전능한 보이지 않는 신에게 붙들려 이리저리 움직인다는 것은 매우 굴욕적이라서 마음이 상하긴 했지만, 지금껏 저에게 보여 주신 대로 아저씨가 친절하고 너그럽고 사려 깊으신 분이라면, 독단적이고 강압적이며 비이성적이고 전지전능한 보이지 않는 신이 될 권리가 있다고 생각합니

다. 그래서 저는 아저씨를 용서해 드리고 다시 기운을 낼 거예요. 하지만 아직까지는 캠프에서 즐거운 시간을 보내고 있다는 샐리의 편지를 즐거운 마음으로 읽을 수가 없네요!

어쨌든 우리는 이 일을 조용히 베일로 가려 두고, 다시 시작하기로 해요.

저는 이번 여름에 글을 쓰고, 또 쓰고 있습니다. 4개의 단편을 끝냈고, 이 글들을 네 군데 각각 다른 잡지사에 보냈어요. 제가 작가가 되기 위해 열심히 노력하고 있다는 것을 아시겠지요? 저는 저비 도련님이 비 오는 날 놀았다던 다락방의 한구석에 제 작업실을 만들었어요. 그 곳에는 지붕창 두 개가 있어, 바람이 잘 들고 참 시원합니다. 그리고 붉은 다람쥐가 구멍을 내서 살고 있는 단풍나무가 그늘을 만들어 주지요.

며칠 뒤, 좀더 즐거운 편지를 쓸게요. 그땐 농장의 소식도 전해 드리고요.

비가 와야 할 것 같네요.

아저씨의 영원한, 주디 올림.

8월 10일

키다리 아저씨 귀하.

저는 지금 목장 연못가에 있는 버드나무의 두 번째 가지에 앉아 편지를 쓰고 있어요. 아래에서는 개구리가 울고, 머리 위에서는 매미가 소리치고, 두 마리의 작은 동물은 나무 기둥을 오르락내리락 하고 있지요. 저는 한 시간째 여기에 머물고 있습니다. 이 가지는 매우 편안하데, 특히 소파 쿠션을 두 개 받쳐 놔서 더욱 그런 것 같아요. 불후의 단편을 쓰기 위해 펜과 원고지를 가지고 이 곳에 올라왔지만, 여주인공으로 인해 힘든 시간을 보내고 있어요. 저는 그녀의 행동을 제가 바라는 대로 이끌지 못하고 있지요. 그래서 아저씨께 편지를 쓰고 있습니다. 아저씨 역시 제가 바라는 대로 행동하게 할 수 없기에 그리 큰 위안은 되지 않지만요.

아저씨가 그 끔찍한 뉴욕에 살고 계시다면, 저는 아저씨께 시원한 바람이 불고, 따사로운 햇살이 내리쬐는 이 사랑스러운 야외의 느낌을 전할 수 있길 바래요. 일주일 동안 비가 내린 뒤의 시골은 그야말로 천국이에요!

천국에 대해 말하니, 지난 여름 켈로그 씨에 대해 말씀드린 것 기억나세요? 코너스의 희고 작은 교회의 목사님 말이에요. 이 가련한 늙은 영혼이 천국으로 갔습니다. 지난 겨울 폐렴에 걸려서요. 저는 그의 설교를 들으러 여섯 번 갔었고, 그의 신학에 친숙해졌지요. 켈로그 씨는 처음 가진 생각을 끝까지 믿는 분이셨어요. 단 하나의 생각에도 전혀 변함 없이 47년 동안 한 길로만 살아온 그와 같은 사람들은 골동품처럼 캐비넷에 넣어 보관해야 한다고 생각합니다. 저는 그가 금관을 쓴 채 하프를 켜고 있길 바래요. 켈로그 씨는 자신이 그렇게 되리라 확신하고 있었거든요. 교회에는 새로 원기 왕성한 젊은 목사님이 오셨어요. 교회 사람들 특히, 커밍스 집사님이 이끄는 신도들은 새로 온 목사님을 의심쩍어해요. 교회에 분열이 일어날 것 같습니다. 마을 사람들은 종교적 혁신에는 관심이 없어요.

비가 오는 동안 저는 다락방에 앉아 독서에 열중했어요. 주로 스티븐스의 책을 읽었지요. 저는 스티븐스 자체가 그의 책 속에 나오는 어떤 인물들보다 더 흥미롭습니다. 그가 책 주인공으로 자신을 그려도 좋을 것 같아요. 아버지가 남기신 1만 달러를 탈탈 털어 요트를 산 뒤 남해를 항해했다는 그가 멋지지 않나요? 그는 자신의 모험 신조대로 살았던 거예요. 만약 저에게 아버지가 남기신 1만 달러가 있다면, 저도 그렇게 할 겁니다. 베일리마에 대한 생각은 저를 미치게 해요. 저는 열대 지방에 가 보고 싶어요. 더 솔직하게는 세계를 구경하고 싶습니다. 언젠가 저는 그렇게 할 거예요. 아저씨, 저는 정말 그럴 거예요. 제가 위대한 작가가 되거나, 화가가 되거나, 배우가 되거나, 극작가가 되거나 또는 뭐든 위대한 사람이 된다면 저는 그렇게 할 거예요. 저는 방랑하고 싶은 욕구가 굉장히 강하거든요. 단지 지도만 봐도, 모자를 쓰고 우산을 들고 몸도 마음도 가볍게 멀리 떠나고 싶다는 생각이 들 정도니까요. 저는 죽기 전에 남쪽나라의 야자나무와 사원들을 볼 겁니다.

목요일 땅거미가 질 무렵, 돌계단에 앉아…….

이 편지에 소식을 전한다는 것이 어렵네요! 주디는 최근에 철학자가 되어 가고 있어요. 그래서 그녀는 평범한 일상의 세부적인 생활을 묘사하는 것보다, 세계의 일반적인 커다란 문제에 대해 이야기하고 싶어하지요. 그러나 아저씨가 소식을 듣길 원하신다면, 여기에 있습니다.

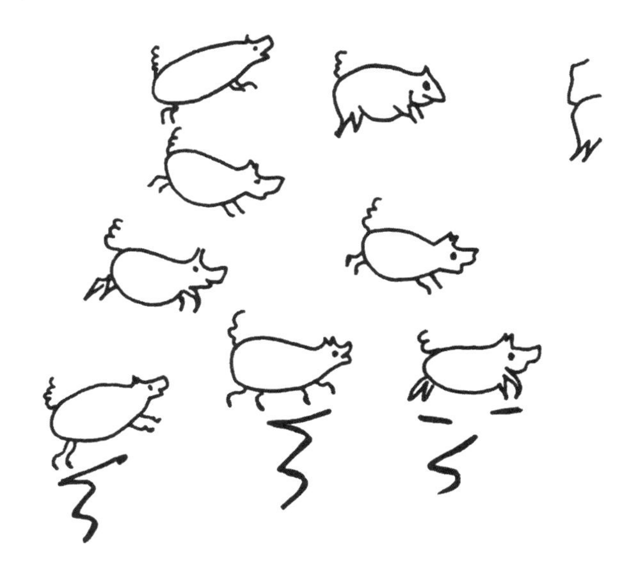

지난 목요일, 아홉 마리의 어린 돼지들이 똘똘 뭉쳐 시냇물을 건너 도망쳤는데, 단지 여덟 마리만 돌아왔어요. 어느 누구를 부당하게 비난하고 싶진 않지만, 우리는 과부 다우드 부인이 원래 돼지 수보다 한 마리 더 갖고 있는 것 같다고 의심했지요.

위버 씨는 헛간과 두 개의 곡식 저장고를 밝은 호박빛이 나는 노란색으로 칠했습니다. 매우 보기 싫은 색인데, 그는 그 색이 오래 간다고 말했어요.

브루어 씨 집에는 이번주 손님이 왔어요. 브루어 부인의 여동생과 두 명의 조카가 오하이오주에서 놀러온 거예요.

로드아일랜드 레드 닭 한 마리가 낳은 15개의 알 가운데 단 3개만이 부화되어 병아리가 태어났어요. 뭐가 문제인지 모르겠습니다. 제 생각에는 로드아일랜드 레드 종자가 열등한 것 같아요. 버프 오핑톤스 종이 낫다고 생각해요.

본니리그 사거리에 있는 우체국에 새로 온 직원 하나가 저장해 둔 7달러 가치의 자메이카 진저를 한 방울도 남기지 않고 다 마셨답니다.

아이라 해치라는 노인은 류머티즘에 걸려 더 이상 일을 하지 못하세요. 그 노인은 젊어서 돈을 벌 때 저축을 하지 않았대요. 그래서 지금은 읍에서 도와 주고 있지요.

다음주 토요일, 학교관사에서 아이스크림 사교파티가 열려요. 아저씨, 가족을 데리고 파티에 꼭 오세요.

우체국에서 25센트짜리 새 모자를 하나 샀습니다. 아래 저의 최근 초상화를 그려 봤어요. 건초를 모으러 가는 모습이에요.

점점 어두워져 글씨가 잘 보이지 않네요. 어쨌든 마을 소식은 다 전했습니다.

안녕히 주무세요.

주디 올림.

금요일

아저씨, 안녕하세요! 몇 개의 소식이 있답니다. 무슨 일인지 짐작하시겠어요? 록 윌로우 농장에 누가 오기로 했는지 아저씨는 결코, 절대 상상하지 못하실 거예요. 펜들턴 씨가 샘플 부인에게 편지를 보냈어요. 펜들턴 씨는 지금 자동차로 버크셔 지방을 여행하고 있는데, 너무 피곤해 조용한 농장에서 휴식을 좀 취하고 싶다는 거예요. 어느 날 갑자기 농장을 방문해도 괜찮겠느냐는 내용이었습니다. 아마 그는 일주일, 아니면 이주일, 아니면 삼주일 동안 이 곳에 머무를 거예요. 펜들턴 씨는 록 윌로우 농장이 얼마나 아늑한 곳인지 알고 있으니까요.

이 곳은 그야말로 야단법석이었어요! 집안 전체를 청소하고 커튼을 다 빨았지요. 저는 오늘 아침 코너스에 가서 현관에 깔 유포와, 홀과 뒤 계단에 칠할 갈색 페인트 두 통을 샀습니다. 다우드 부인이 창문을 닦기 위해 내일 오시기로 했어요(긴급상황이라서 우리는 돼지에 관한 의심을 철회했습니다). 우리가 하는 일을 보고 평소에 농장이 깨끗하지 못하구나 생각하실지 모르지만 그건 절대 아니에요. 샘플 부인이 일하는 데는 한계가 있지만 그녀는 훌륭한 주부랍니다.

그런데 아저씨, 펜들턴 씨는 남자답지가 않지요? 그는 오늘 현관에 도착할지, 아니면 2주 후에 도착할지 전혀 힌트를 주지 않았어요. 우리는 그가 올 때까지 끊임없이 긴장하며 하루 하루를 보내게 될 거예요. 게다가 그가 일찍 도착하지 않으면, 또 다시 대청소를 해야 할 겁니다.

아마사이는 그로브가 끄는 마차를 준비해 두었어요. 저는 혼자 마차를 몰 거예요. 만약 아저씨가 늙은 그로브를 보신다면, 저의 안전에 대해 염려하지 않으실 겁니다.

가슴에 손을 얹고…….

안녕히 계세요.

주디 올림.

PS. 끝맺음이 멋있지요? 스티븐슨의 편지에서 따온 거예요.

토요일

다시 한 번 안녕하세요! 어제 우체부가 오기 전에 편지를 봉하지 못해서, 약간의 내용을 추가로 씁니다. 매일 12시에 한 우체부가 이곳에 와요. 시골의 배달부는 농부들에게 정말 고마운 존재이지요! 우체부는 편지를 배달해 주는 일뿐 아니라 물건 한 가지에 5센트를 받고 읍까지 심부름을 해 주지요. 어제 우체부는 저에게 운동화 끈 몇 개와 콜드 크림 한 개(새로 산 모자를 쓰기 전에 얼굴이 타서 코가 벗겨졌어요), 그리고 푸른 윈저 타이와 검정 구두약 한 통을 사다 주었고, 10센트를 받아 갔어요. 주문량이 많아 싸게 해 준 거래요.

또한 우체부는 요즘 세상에서 어떤 일이 일어나고 있는지 전해 주지요. 몇 사람은 신문을 정기 구독하지만, 우체부는 신문을 구독하지 않는 사람들을 위해 오는 길에 신문을 읽고, 그 내용을 그들에게 전해 준답니다. 미국과 일본이 전쟁을 한다거나, 대통령이 암살당했다거나, 록펠로 씨가 존 그리어 고아원에 100만 달러를 기부했다거나 하는 소식 등은 아저씨가 굳이 편지로 알려 주지 않으셔도 돼요. 저는 그 소식을 금방 듣게 되니까요.

저비 도련님은 아직 소식이 없어요. 그런데 이 집이 얼마나 깨끗한지 아저씨가 보셔야 하는데……. 우리는 집에 들어가기 전에 신발을 깨끗이 닦는답니다.

저는 그가 빨리 도착하기를 바래요. 다른 누군가와 이야기를 하고 싶거든요. 사실 샘플 부인과 이야기를 나누는 것은 너무 단조로워요. 그녀는 생각할 틈도 없이 이야기를 하지요. 이건 여기 있는 사람들의 우스운 특징이기도 해요. 그들의 세상은 언덕 꼭대기인 이곳뿐이에요. 너무도 일반적이지 못하지요. 그 점은 존 그리어 고아원과 정확히 일치합니다. 우리의 생각은 사면의 울타리에 둘러싸여 있었고, 저는 어리고 바빠서 그 점에 대해 생각해 보지도 못했어요. 저는 저희 방 침대들을 정리하고 아이들을 세수시킨 뒤 학교에 가야만 했고, 돌아와서는 다시 아이들을 씻기고 양말을 기우고 프레디 퍼킨스의 바지를 수선하고(그는 매일같이 바지를 찢어 먹었어요), 그 사이에 학교 공부를 했어요. 그럼 잘 시간이 되었고, 그러다 보니 사교적인 만남이 부족하다는 사실을 생각할 여유조차 없었지요. 그런데 2년 간 대학을 다니면서 친구들과 많은 대화를 하다 보니, 정말 이야기를 나누고 싶다는 생각이 드는 거예요. 저와 이야기가 통하는 누군가가 있다면 진짜 좋을 것 같아요.

이제는 정말 끝내야겠네요. 더 이상 새로운 일이 없습니다. 다음에는 더 긴 편지를 보낼게요.

아저씨의 영원한, 주디 올림.

PS. 올해는 상추가 잘 자라지 않았어요. 너무 건조해서 그런가 봐요.

8월 25일

아저씨, 저비 도련님이 도착했습니다. 우리는 즐거운 시간을 가졌어요! 적어도 저는요. 저비 도련님도 물론 그랬으리라 생각해요. 그는 열흘째 이 곳에 머물고 있고 아직 떠날 기미를 보이지 않습니다. 샘플 부인은 펜들턴 씨가 하고 싶은 대로 뭐든지 할 수 있도록 그냥 내버려두고 있어요. 그가 아기였을 때도 그랬다면 어떻게 저렇게 잘 자랐을까라는 생각이 들 정도랍니다.

펜들턴 씨와 저는 현관 옆에 작은 탁자를 놓고 식사를 하거나, 때로는 나무 아래에서 식사를 즐기기도 해요. 비가 오거나 추운 날은 가장 좋은 응접실에서 식사를 하지요. 그가 식사를 하고 싶은 장소를 정하면 캐리가 탁자를 들고 종종 걸음으로 그 뒤를 따라갑니다. 만일 이 일이 캐리에게 폐를 끼치거나 멀리까지 접시를 옮겨야 하는 번거로움을 준다면, 나중에 자리를 정리할 때 그녀는 설탕통 밑에 놓인 1달러를 볼 수 있답니다.

무심코 저비 도련님을 본다면 그렇게 생각하지 않겠지만, 그는 정말 재미있는 사람이에요. 처음에는 그가 정말 펜들턴 가의 사람 같아 보였지만 지금은 전혀 그렇지가 않아요. 그는 순수하고 겸손하며 친절합니다. 이런 말들이 남자들에게는 조금 어색한 표현일 수도 있지만 실제로 그는 그래요. 그는 이 곳의 농부들에게 매우 친절하답니다. 개인적으로 만나도 매우 친절하게 대해 주기 때문에 농부들은 금세 그에 대한 경계를 풀어 버리지요. 하지만 그들은 저비 도련님의 옷차림을 싫어해요! 저도 그의 옷이 놀랍다고 말할 수 있어요. 그는 무릎 아래에서 졸라 메는 느슨한 반바지와 주름 잡힌 재킷 그리고 흰 플란넬과 통이 부푼 승마용 바지를 입습니다. 저비 도련님이 어떤 새 옷을 입고 내려오든지 샘플 부인은 자랑스러운 눈빛으로 그의 주변을 돌며 모든 각도에서 그를 바라보지요. 그리고 항상 앉을 때 조심하라고 당부해요. 그녀는 그에게 약간의 먼지라도 묻을까봐 늘 걱정입니다. 저비 도련님은 그러는 것을 귀찮아해요. 그리고 항상 그녀에게 말하지요.

"리지 아주머니, 저의 보스 역할은 이제 그만하시고, 가서 아주머니 일을 하세요. 저는 이제 어른입니다."

이렇게 훌륭하게 성장했고, 키가 크신 분(그도 아저씨처럼 정말 키다리입니다)이 샘플 부인의 무릎에 앉아 세수를 했을 거라 생각하면 우스워요. 특히 그녀의 무릎을 보면 더욱 우습지요! 그녀는 지금 살이 쪄서 두 겹의 무릎과 세 겹의 턱을 가지고 있어요. 그러나 저비 도련님의 얘기로는, 예전의 그녀는 날씬하고 강하고 재빨라 그보다 훨씬 더 빨리 달릴 수 있었답니다.

많은 흥미로운 일들이 있었어요! 우리는 이 고장의 수 마일을 탐험했고, 깃털로 만들어진 희한한 작은 낚싯대로 낚시하는 법을 배웠습니다. 권총과 라이플총도 쏴 봤어요. 그리고 그로브를 타고 승마도 했고요. 그로브는 늙긴 했지만 아직 원기가 있어요. 우리는 그로브에게 삼 일 동안 귀리를 먹였습니다. 그런데 한 번은 그로브가 송아지에 놀라서 저를 태우고 달아날 뻔했지 뭐예요.

월요일 오후에 스카이 힐을 올랐습니다. 이 근처에 있는 산이에요. 그리 높지 않더라고요. 꼭대기에 눈이 없었거든요. 하지만 정상에 도착하니 무척 숨이 찼어요. 산 아래쪽은 숲으로 둘러싸여 있었지만, 꼭대기에는 돌만 있어 마치 탁 트인 황무지 같았지요. 우리는 그 곳에 땅거미가 질 때까지 머물렀고 불을 피워 식사를 준비했습니다. 저비 도련님이 요리를 했어요. 그는 저보다 요리를 더 잘한다고 자신했지요. 캠핑을 여러 번 해 봐서인지 그는 정말 요리를 잘했어요. 식사 후에 우리는 달빛을 따라 내려왔고, 어두운 숲에서는 그가 주머니에서 손전등을 꺼내 켰습니다. 정말 재미있었어요! 저비 도련님도 재미있었던 일을 이야기하고 농담도 하며 즐겁게 웃었어요. 그는 제가 읽은 책들을 모두 읽었을 뿐 아니라 다른 책들도 많이 읽었더라고요. 그가 얼마나 다양하고 많은 것들을 알고 있는지 놀라울 뿐입니다.

오늘 아침 우리는 먼 곳까지 걸어갔다가 폭풍우를 만났어요. 집에 도착했을 때 우리는 흠뻑 젖어 있었지요. 하지만 기분은 전혀 나쁘지 않았어요. 우리가 물방울을 뚝뚝 떨어뜨리며 부엌으로 들어섰을 때 샘플 부인의 표정을 아저씨가 보셨어야 하는데.

“오 이런, 저비 도련님! 주디! 완전히 젖어 버렸잖아. 이런! 이

런, 이걸 어쩌나? 새 코트가 완전히 망가졌네."

그녀는 정말 우스웠답니다. 우리는 열 살 된 아이들이고 그녀는 정신 없는 어머니 같았지요. 저는 한동안 차와 잼을 먹지 못할까 봐 두려웠어요.

일요일

이 편지를 오래 전부터 쓰기 시작했는데, 도대체 끝낼 여유가 없네요.

이건 스티븐슨의 말인데 멋지지 않나요?

이 세상은 수많은 것들로 가득 차 있으니
우리 모두는 왕처럼 행복합니다.

이 말이 사실이라는 것을 아저씨도 아실 거예요. 세상은 행복으로 가득하고, 그 행복이 우리 주위를 둘러싸고 있어요. 행복은 가지려는 자에게 다가설 겁니다. 단, 모든 것에 순응하면서 사는 게 비결이지요. 특히 시골에는 재미있는 일들이 아주 많아요. 어느 땅이나 걸을 수 있고, 어떤 곳이든 구경할 수 있고, 누구의 개울이든 물장난을 치며 놀 수 있으니까요. 이것은 마치 제가 그 땅을 모두 소유한 것처럼 생각되어 즐겁습니다. 단 한 푼의 세금도 내지 않고 말이지요!

....

오늘은 일요일이고 지금은 밤 11시쯤 되었어요. 행복한 잠자리에 들려고 누웠는데, 저녁에 블랙 커피를 마셨더니 단잠을 이룰 수가 없네요!

오늘 아침, 샘플 부인이 펜들턴 씨에게 단호하게 말했습니다.

“11시까지 교회에 도착하기 위해 10시 15분에는 여기서 출발할 겁니다.”

“알았어요. 마차를 준비하세요. 하지만 제가 제대로 옷을 갖춰 입고 있지 않다면 기다리지 말고 그냥 가세요”라고 저비 도련님이 말했어요.

“아니, 기다리겠습니다.”

“좋으실 대로 하세요. 단, 말이 너무 오랫동안 서 있게는 하지 마세요.”

샘플 부인은 캐리에게 자신이 옷을 갈아입는 동안 점심을 싸라고 시키고는, 저에게 간편한 옷으로 갈아입고 오라고 말했습니다. 하지만 저비 도련님과 저는 뒷문으로 빠져 나가 낚시를 하러 갔어요.

이 일로 집안 일이 불편해졌습니다. 록 윌로우 농장에서는 일요일 2시에 정찬을 먹어요. 그런데 저비 도련님은 7시에 먹을 것을 요구했어요. 그는 언제든 먹고 싶을 때 식사를 요구합니다(아저씨는 이 곳이 혹시 식당이 아닌가 생각하실 거예요). 그래서 캐리와 아마사이는 드라이브를 하지 못했지요. 하지만 저비 도련님은 시종 없이 마차를 모는 것은 옳지 않기에 어쩌면 더 잘된 일이라고 말했어요. 그는 저를 태울 말이 필요했던 거예요. 참 재미있는 일이지요?

그런데 불쌍한 샘플 부인은 일요일에 낚시를 가는 사람은 나중에 지글지글 끓는 지옥에 떨어진다고 생각해요! 그녀는 저비 도련님이 더 어리고 무기력해 기회가 있었을 때 좀더 잘 교육시키지 못한 것이 후회되나 봅니다. 게다가 그녀는 교회 사람들에게 저비 도련님을 보여 주고 싶었던 거예요.

어쨌든, 우리는 낚시를 했습니다. 저비 도련님은 네 마리의 작은 고기를 잡았고, 우리는 그 물고기를 불에 구워 점심으로 먹었어요. 물고기를 고정시킨 막대가 불에 떨어져 탄 맛이 좀 났지만, 그래도 맛있게 먹었답니다. 우리는 4시에 집에 돌아왔고, 5시에 드라이브를 했으며, 7시에 저녁을 먹고, 10시에 잠자리에 들었어요. 제가 아저씨께 글을 쓰고 있는 바로 이 곳에서요.

이제 졸리네요.

안녕히 주무세요.

여기 제가 잡은 물고기 그림입니다.

어어이, 키다리 선장님!

멈춰! 밧줄을 감아! 어서, 럼주 한 병을 가져 와. 제가 무엇을 읽고 있는지 아세요?

우리는 이틀 전 항해와 해적에 관한 이야기를 나누었답니다. 『보물섬』은 참 재미있지요? 아저씨, 혹시 어렸을 때 『보물섬』을 읽으셨나요, 아니면 아저씨가 어렸을 때는 아직 그 책이 쓰여지지 않았었나요? 스티븐슨은 그 책의 판권으로 겨우 30파운드를 받았답니다. 저는 그렇게 위대한 작가에게 그것밖에 지불하지 않았다는 사실을 믿을 수가 없어요. 아마도 선생님이 되어야 할까 봐요.

스티븐슨에 관한 이야기로 편지를 가득 채워 죄송해요. 현재 제 마음은 그로 가득 차 있거든요. 스티븐슨의 책들은 록 윌로우 농장 서재에 있어요.

저는 이 편지를 이주일 동안 쓰고 있습니다. 충분히 긴 시간이지요. 아저씨, 제가 자세하게 적지 않았다고는 말씀하지 마세요. 저는 아저씨도 이 곳에 오셨으면 좋겠다고 생각해요. 우리 모두는 즐거운 시간을 보낼 수 있을 거예요. 저는 제 친구들이 서로 알게 되는 것이 참 좋거든요. 펜들턴 씨에게 뉴욕에 사는 아저씨를 아는지 물어 보고 싶었어요. 저는 그가 아저씨를 알고 있다고 생각합니다. 아마 같은 사교 모임에 참석하실 거예요. 두 분 다 개혁과 그 외의 것들에 관심이 많으니까요. 하지만 저는 아저씨의 본명을 모르기 때문에 물어 볼 수가 없었어요.

아저씨의 성함을 모르다니, 정말 듣던 중 가장 바보스러운 얘기지 뭐예요. 리펫 원장님은 아저씨가 별난 분이라고 하셨어요. 저도 그렇게 생각합니다!

아저씨의 애정 어린, 주디 올림.

PS. 이 편지를 다시 읽어 보니, 스티븐슨에 대한 얘기만 한 것은 아니더라고요. 한두 군데는 저비 도련님에 관한 언급도 있네요.

9월 10일

그가 갔어요. 그리고 우리는 그가 그리워요! 사람들이나 장소 또는 생활에 익숙해져 있는데 갑자기 그것과 멀어지면, 마음이 텅 비고 무엇이 갉아먹은 듯한 느낌이 듭니다. 샘플 부인과의 대화는 양념하지 않은 음식과 같아요.

2주 후면 대학이 개강하고, 저는 기쁜 마음으로 다시 공부를 할 수 있을 거예요. 저는 이번 여름에 정말 열심히 일했어요. 6편의 단편과 7편의 시를 썼습니다. 잡지사에 보냈지만 모조리 정중하고 재빠르게 되돌아왔어요. 하지만 아무렇지도 않아요. 좋은 연습의 기회였으니까요. 저비 도련님이 제 글을 읽었습니다. 그가 우체통에서 우편물을 가져 왔기 때문에 숨길 수가 없었지요. 그는 제 글이 지루하다고 말했어요. 제가 말하려고 하는 것이 무엇인지 잘 나타나 있지 않다는 것이었습니다(저비 도련님은 예의상 거짓말을 하는 분이 못 돼요). 그러나 저의 마지막 작품은 나쁘지 않다고 했어요. 그건 대학 생활을 그려 나간 내용이지요. 그리고 그는 이 글을 타이프 쳐 주었고, 저는 그것을 잡지사에 보냈습니다. 2주가 흘렀어요. 아마 곰곰이 생각하고 있나 봐요.

하늘을 좀 보세요! 모든 것이 묘한 오렌지빛으로 물들었습니다. 폭풍이 올 것 같아요.

지금 막 커다란 빗방울이 문을 두드리며 떨어졌어요. 저는 달려가 창문을 닫았고, 캐리는 빈 우유통을 한아름 안고 다락으로 올라가 지붕이 새는 곳 밑에 두었습니다. 펜을 들고 다시 글을 쓰려는데, 과수원 나무 아래에 쿠션과 깔개와 모자 그리고 매듀 아놀드의 시집을 두고 온 것이 생각났어요. 재빨리 달려가 그것을 가져 왔지만 흠뻑 젖고 말았지요. 표지의 붉은색이 책 속에 스며들었어요. 앞으로 『도버 해협』에 분홍빛 파도가 치겠네요!

폭풍은 시골 생활을 방해합니다. 아저씨, 문 밖에 두었다가 망치게 될 물건들에 항상 신경 쓰세요.

목요일

아저씨! 아저씨! 무슨 일이냐고요? 우체부가 지금 두 통의 편지를 가져 왔어요.

첫 번째 : 제 글은 50달러에 당선되었습니다.

와우! 이제는 **저도 작가예요!**

두 번째 : 대학에서 편지가 왔어요. 저에게 장학금을 준답니다. 2년 동안 기숙사비와 수업료를 면제해 준대요. 이 장학금은 대학을

졸업한 한 선배가 주는 건데 '영어에 능숙하고 다른 교과도 일반적으로 우수한 학생'에게 주는 거랍니다. 제가 바로 그 장학금을 타게 됐어요! 이 곳에 오기 전에 장학금을 신청해 두었지만, 신입생 때 수학과 라틴어 성적이 좋지 않아 별 기대는 하지 않았거든요. 그런데 예상 외로 다른 과목들로 보충되었나 봐요. 너무나 기뻐서 정신이 하나도 없어요. 이제 아저씨의 무거운 짐을 덜어 드리게 되었습니다. 앞으로는 매달 용돈만 보내 주시면 돼요. 그리고 글을 쓰거나 과외를 하거나 또는 다른 일로 돈을 벌 수 있을 것 같아요.

저는 지금 빨리 대학에 돌아가 다시 공부를 시작할 수 있길 진심으로 바랍니다.

아저씨의 영원한, 주디 올림.

「2학년들이 경기에서 이겼을 때」의 작가. 모든 신문 판매대에서 10센트에 판매 중.

9월 26일

키다리 아저씨께.

대학에 돌아왔고 이제 상급생이 되었습니다. 공부방이 더 좋아졌어요. 두 개의 커다란 남향 창이 있는 방이에요. 그리고 좋은 가구들! 줄리아가 많은 용돈을 받아 들고 이틀 전에 도착했고, 지금은 열심히 방을 꾸미고 있지요.

새 벽지를 바르고 동양적인 카펫과 마호가니 의자를 놓았어요. 작년처럼 마호가니 느낌이 나는 칠만 해 놓은 것이 아니라 진짜 마호가니랍니다. 얼마나 멋진지 몰라요! 하지만 왠지 기분이 그렇게 좋은 것만은 아니에요. 실수로 그 의자에 잉크를 떨어뜨리지는 않을까 항상 긴장을 하게 되거든요.

그리고 아저씨께서 보내신 편지를 받았습니다. 아, 죄송해요. 아저씨가 아니라 아저씨의 비서가 보낸 편지요.

장학금을 왜 거절해야 하는지, 제가 충분히 이해할 수 있는 명확한 이유를 저에게 말씀해 주시겠어요? 저는 아저씨가 반대하시는 이유를 모르겠습니다. 어쨌든 저는 벌써 장학금을 받았어요. 그리고 제 마음은 바뀌지 않을 겁니다! 건방지게 들릴 수도 있겠지만, 제 마음은 전혀 그렇지 않다는 걸 아실 거예요.

아저씨가 저를 교육시키기로 결정하신 이상, 제가 졸업장을 받을 때까지 말끔하게 마무리하고 싶어하신다는 것을 저도 잘 알아요.

하지만 제 입장에서 잠시 생각해 주세요. 아저씨가 교육비 전부를 지불해 주시는 것만큼 저는 빚을 지고 있는 겁니다. 솔직히 저는 아저씨께 그렇게 많은 빚을 지고 싶지 않아요. 물론 아저씨가 그 돈을 돌려 받길 원하지 않는다는 것은 잘 알고 있어요. 하지만 저는 가능하면 그 돈을 돌려 드리고 싶습니다. 이 장학금을 받게 되어 그 일이 더욱 쉬워졌어요. 빚을 다 갚으려면 평생이 걸릴 거라 생각했는데, 이제 제 인생의 절반만 걸릴 것 같거든요.

제 입장을 이해해 주시고, 반대하지 않으시길 바래요. 용돈은 아주 감사히 받을게요. 용돈은 줄리아와 그녀의 가구에 걸맞은 생활을 위해 필요해요! 저는 종종 그녀가 단순한 취향이거나 저와 같은 방을 사용하지 않았으면 하고 생각한답니다.

이건 편지답지가 않네요. 많은 이야기를 썼어야 하는데 그러지 못했어요. 마무리로 몇 가지 소식을 전하자면, 저는 네 개의 창문 커튼과 세 개의 문 커튼의 가장자리를 바느질하고(대충 박은 바느질을 아저씨가 보지 못하셔서 다행이에요), 치약으로 놋 책상에 윤기를 내고(매우 힘든 일입니다), 액자를 고정시킨 철사 줄을 손톱깎이로 자르고, 포장해 둔 네 개의 책 상자를 풀고, 두 개의 옷 트렁크를 정리하고(제루샤 애벗이 두 개의 옷 트렁크를 가졌다는 것이 믿어지지 않지만, 사실입니다), 그 사이 50명의 친구들과 인사를 나누었습니다.

개학날은 정말 즐거워요!

아저씨, 안녕히 주무세요. 그리고 병아리가 스스로 모이를 모은다고 화내지 마세요. 그녀는 매우 활기찬 작은 닭으로 성장하고 있으니까요. 확실하고 명확한 소리를 낼 수 있으며 아름다운 깃털도 많이 가진 닭으로요. 모두 아저씨 덕분입니다.

애정을 담아, 주디 올림.

9월 30일

아저씨께.

여전히 장학금 이야기를 하시나요? 아저씨처럼 완고하고 고집세고 비이성적이고 집요하고 불독 같은, 그리고 다른 사람의 입장을 이해하지 못하는 사람은 처음이에요.

낯선 사람의 호의는 받지 않는 것이 좋겠다고요?

낯선 사람! 그럼 아저씨는요?

이 세상에 제가 아저씨만큼 모르는 사람이 또 있나요? 아저씨를 길거리에서 만난다 해도 저는 알지 못할 겁니다. 아저씨가 분별력 있고 지각 있으신 분이라면, 어린 주디에게 한 번이라도 아버지처럼 기운을 북돋아 주는 친절한 편지를 써 보내 주셨다면, 때로 이 곳에 와서 그녀의 머리를 쓰다듬어 주셨다면, 그리고 그녀에게 좋은 아이라고 말씀해 주셨다면, 그럼 아마 그녀는 나이 드신 아저씨께 버릇없이 행동하지 않았을 거고 또 착실한 딸처럼 아저씨의 뜻에 복종했을 거예요.

스미스 씨, 아저씨는 유리집에 살고 계십니다.

게다가 이번 일은 호의가 아니에요. 상입니다. 제가 열심히 공부해서 받은 거라고요. 만약 제 영어 성적이 훌륭하지 않았다면, 위원회의 어느 누구도 저에게 장학금을 주지 않았을 거예요. 사실 그런 적도 있었다고 합니다. 또한……, 휴, 제가 남자와 논쟁하는 것이 무슨 소용이 있을까요? 스미스 씨도 논리적 감각이 결여된 남자인 것을……. 남자를 설득하는 방법에는 두 가지가 있지요. 하나는 그들을 잘 구슬리는 것이고, 나머지 하나는 매우 불쾌한 기색을 그대로 드러내는 것입니다. 저는 제가 바라는 것을 얻기 위해 남자를 구슬리는 것을 경멸합니다. 그러므로 저는 아주 불쾌한 마음을 그대로 나타내야 하지요.

장학금을 포기하라는 말씀을 거부합니다. 만약 아저씨가 이것에 관해 또 말씀하시면, 저는 매달 용돈도 받지 않겠어요. 그리고 아마도 바보 같은 신입생을 가르치며 신경쇠약에 걸리겠지요.

이건 최후통첩입니다!

들어 보세요. 저에게 또 다른 생각이 있습니다. 아저씨는 제가

이 장학금을 받음으로 해서 다른 사람이 교육 받을 기회를 박탈당하는 것이 아닌가 걱정하시는 거잖아요. 그럼 방법이 있어요. 저를 위해 쓰려던 돈을 존 그리어 고아원의 다른 소녀를 교육시키는 데 사용하시는 거예요. 어때요, 좋은 생각이지요? 아저씨가 원하시는 만큼 새로운 소녀들을 교육시키세요. 하지만 제발 저보다 좋아하지는 마세요.

아저씨의 비서가 자신의 편지 제안을 조금도 듣지 않았다고 마음 상해하지 않았으면 좋겠습니다. 하지만 그가 마음 상해도 어쩔 수 없네요. 그는 응석받이 아이 같아요. 지금까지는 그의 변덕에 순응했지만, 이번에는 제가 너무도 확고합니다.

결코 되돌릴 수 없는 확고한 결심을 한, 제루샤 애벗 올림.

11월 9일

키다리 아저씨께.

오늘 검은 구두약 한 통과 칼라 몇 개 그리고 블라우스 옷감과 보라색 크림 한 통, 캐스틸 비누 한 조각을 사기 위해 시내에 갔습니다. 모두 필요한 것들이에요. 없으면 만족스럽지가 않거든요. 그런데 차비를 내려는 순간 제가 다른 코트 주머니에 지갑을 두고 왔다는 것이 생각났어요. 그래서 차에서 내려 다음 차를 타야 했고, 결국 체육 시간에 늦고 말았지요.

기억력이 좋지 않은 사람이 두 개의 코트를 가지고 있다는 것은 끔찍한 일이에요!

줄리아 펜들턴이 크리스마스 휴가를 자기네 집에서 보내자며 저를 초대했어요. 스미스 씨, 충격적이지 않나요? 존 그리어 고아원 출신의 제루샤 애벗이 그런 부잣집 식탁에 앉아 있다는 것이요. 줄리아가 왜 저를 초대했는지 모르겠어요. 그녀가 최근에 저에게 조금씩 다가오려 하긴 해요. 사실 저는 샐리의 집에 더 가고 싶지만 줄리아가 먼저 저를 초대했고, 그래서 제가 이번에 어디를 가야 한다면 우스터가 아니라 뉴욕일 겁니다. 사실 펜들턴 가 사람들을 만나야 한다고 생각하면 다소 두려워져요. 그리고 새 옷도 많이 필요하고요. 만일 아저씨가 저에게 대학에 조용히 남으라고 편지를 보내신다면, 저는 평소처럼 유순하게 그 말을 따르겠습니다.

요즘에는 남는 시간에 『토머스 헉슬리의 인생과 편지』를 읽고 있어요. 그 책은 시간이 날 때 꺼내서 읽기에 아주 편하고 좋지요. 아저씨 시조새가 뭔지 아세요? 그것은 조류입니다. 그럼 스테레오그나투스는요? 그건 종의 구분이 어려워요. 이빨을 가진 새 같기도 하고 날개를 가진 도마뱀 같기도 하지요. 그러나, 그 둘 다 아닙니다. 지금 막 책에서 봤는데, 그것은 중생대 포유류였답니다.

이것은 스테레오그나투스를 묘사한
유일한 그림입니다!

이것은 뱀의 머리와 개의 귀와
소의 다리와 도마뱀의 꼬리와
백조의 날개를 가지고 있고,
어린 고양이처럼 최고의 안전을 위한
부드러운 털을 가지고 있습니다!

저는 이번 학기에 경제학을 선택했어요. 그건 매우 계몽적인 과목이지요. 이 공부를 마칠 때면 자선과 개혁에 대해 많은 것을 알게 될 거예요. 이사님, 저는 단지 고아원을 어떻게 운영해야 하는지 알고 싶을 뿐입니다.

만약 저에게 참정권이 있다면 훌륭한 유권자가 되었을 거라 생각하지 않으세요? 지난주에 저는 스물한 살이 되었어요. 저같이 정직하고, 많이 교육 받고, 양심적이고, 똑똑한 시민의 표를 그냥 던져버리다니, 이 나라는 낭비가 무척 심하네요.

아저씨의 영원한, 주디 올림.

12월 7일

키다리 아저씨께.

줄리아 집을 방문할 수 있도록 허락해 주신 것에 대해 감사 인사 드려요. 답변이 없는 것은 동의하신다는 뜻이겠죠?

우리는 사교 모임의 회오리에 휘말려 있답니다! 지난주에는 개교 기념 파티가 있었어요. 이 파티에는 상급생만 참석할 수 있어서 우리도 처음으로 참석했지요.

저는 지미 맥브라이드를 초대했고, 샐리는 지난 여름 캠프에 참석했던 오빠의 룸메이트를 초대했습니다. 그는 빨간 머리에 매우 잘생겼어요. 줄리아는 뉴욕에서 사는 남자를 초대했는데, 그는 그리 유쾌한 편은 아니었지만 사교적으로는 흠잡을 데가 없었어요. 그는 데 라 마터 치치스터 집안과 친척이랍니다. 아저씨는 그게 무슨 의미인지 아세요? 저는 그 말의 의미를 잘 모르겠어요.

어쨌든 초대 손님들은 금요일 오후에 4학년 회랑에서 열린 티파티에 정확히 도착했고, 저녁을 먹기 위해 호텔로 갔습니다. 그런데 당구대 위에서 줄을 지어 잘 정도로 호텔이 만원이었다고 하더군요. 지미 맥브라이드는 다음 이 대학의 사교 행사에 참석할 때에는 애디론댁 텐트를 가져 와서 교정에 설치하겠다고 했어요.

초대 손님들은 총장님의 환영식과 무도회에 참석하기 위해 7시

M

30분에 다시 왔습니다. 우리 대학의 행사는 좀 일찍 시작해요! 우리는 먼저 글자 카드를 만들어 깃대를 세웠어요. 매번 춤이 끝날 때마다 남자들은 이름의 첫 글자를 딴 깃발에 모이지요. 그러면 다음 파트너가 그들을 발견합니다. 예를 들어, 지미 맥브라이드는 여자들에게 댄스 요청이 들어오기 전까지 'M' 자 깃대에서 얌전히 기다리고 있어야 하지요. 그런데 그는 여기저기 돌아다녀 'R' 자나 'S' 자에서 있기도 하고 다른 글자들 사이에 있기도 했어요. 저는 그가 매우 어려운 손님이라는 것을 알았지요. 지미 맥브라이드는 저와 단지 세 번의 춤만 출 수 있다는 것을 알자 매우 기분 나빠했어요. 그는 모르는 여자들과 춤을 추면 매우 수줍어했답니다.

다음날 아침에는 합창단 공연이 있었어요. 아저씨, 누가 이 행사를 위해 새롭고 재미있는 곡을 만들었는지 아세요? 그녀가 했답니다! 아저씨, 아저씨의 작은 고아 소녀는 점점 유명해지고 있어요!

어쨌든 이틀간의 행사는 너무도 즐거웠고, 남자들도 즐겁게 보낸 것 같아요. 몇몇 남자들은 처음에 1000여 명의 여학생들을 만난다는 것에 긴장했지만 빨리 적응한 편이에요. 우리가 초대한 프린스턴 대학의 두 남자도 즐거운 시간을 보냈어요. 적어도 그들은 그렇다고 공손하게 말했고 그들 학교의 다음 봄 축제에 우리를 초대했습니다. 우리는 그 초대를 받아들였어요. 그러니 아저씨, 제발 반대하지 말아 주세요.

줄리아와 샐리 그리고 저는 새 드레스를 샀어요. 어떤 건지 알고 싶으세요? 줄리아는 금색 수를 놓은 크림색 새틴 드레스를 샀고 보랏빛 난초를 달았어요. 마치 꿈결 같은 그것은 파리에서 왔는데, 가격이 100만 달러랍니다.

샐리는 페르시안 수를 놓은 옅은 푸른색 드레스를 샀는데, 그녀의 빨간 머리와 참 잘 어울려요. 그 옷은 100만 달러는 아니지만, 줄리아의 옷처럼 눈에 띄었지요.

저는 베이지색 레이스와 장밋빛 새틴으로 장식된 옅은 분홍빛 드레스를 샀습니다. 그리고 지미가 가지고 온 진분홍 장미를 달았어요. 샐리가 그에게 무슨 색깔이 어울릴지 말해 준 것 같아요. 그리고 우리는 모두 옷에 어울리는 새틴 신발과 실크 스타킹 그리고 시퐁 스카프를 했습니다.

아저씨는 분명 이런 장신구들에 놀라셨을 거예요!

시퐁이나 베네치아식 장식, 수예 그리고 아일랜드식 크로셰 뜨개질 같은 것들이 남자들에겐 무의미한 말들로 들리겠지만, 이것은 곧 남자들은 특색 없는 삶을 살고 있다는 뜻일 거예요. 반면 여자들은 아이들, 미생물, 남편, 시, 하인, 평행사변형, 정원 또는 카드놀이에 관심이 있다 해도 그녀들의 근본적인 관심은 항상 옷입니다.

이것은 전 세계 사람들을 하나로 묶어 주는 자연적인 특성이에요(제 말이 아니고 셰익스피어의 희곡에 나온 말입니다).

어찌됐든 다시 얘기를 시작하면, 아저씨, 제가 최근에 발견한 비밀이 궁금하지 않으세요? 저에게 자만심이 강하다고 말하지 않을 것을 약속해 주시겠지요? 그럼 들어 보세요.

저는 예뻐요.

정말입니다. 방 세 면에 거울을 두고도 그것을 깨닫지 못했다니 저는 참 바보 같아요.

아저씨의 한 친구로부터.

PS. 이건 소설에서 볼 수 있는 사악한 익명의 편지입니다.

12월 20일

키다리 아저씨께.

시간이 조금밖에 없네요. 두 개의 수업을 들어야 하고 한 개의 트렁크와 옷 가방을 꾸려 4시 기차를 타야 하거든요. 하지만 저는 아저씨가 보내 주신 크리스마스 선물 상자에 대해 얼마나 감사하는지 말씀드리지 않고 떠날 수가 없었어요.

모피와 목걸이, 리버티 스카프와 장갑, 그리고 손수건, 책들, 지갑이 너무도 좋았습니다. 무엇보다도 아저씨가 너무 좋아요! 하지만

아저씨, 이런 방법으로 저를 들뜨게 하시면 안 돼요. 저는 단지 인간일 뿐입니다. 게다가 아직 어린 소녀지요. 아저씨가 이렇게 세속적인 것들로 저를 빛나가게 하시면, 제가 다시 어떻게 면학적인 생활로 제 마음을 엄격하게 다스릴 수 있겠어요?

존 그리어 고아원의 이사님 가운데 한 분이 크리스마스 트리와 일요일이면 아이스크림을 보내 주셨는데, 그 분이 누구인지 이제 알 것 같아요. 그 분의 이름은 없었지만, 그 분이 하신 일을 보면 그 분을 알 수 있어요! 아저씨는 좋은 일을 많이 하셨으니 행복해질 자격이 있으십니다.

안녕히 계세요, 그리고 아주 아주 행복한 크리스마스가 되세요.

아저씨의 영원한, 주디 올림.

PS. 저도 작은 선물을 보냅니다. 만약 아저씨가 그녀를 알았다면 그녀를 좋아하게 되었을 거라 생각하시나요?

1월 11일

도시에서 편지를 쓰려고 했는데, 뉴욕이란 도시는 사람 마음을 확 사로잡는 곳이네요.

저는 아주 즐거운 그리고 새로운 것을 알게 된 좋은 시간을 보냈지만, 그런 가족의 일원이 아닌 것이 기뻐요! 존 그리어 고아원 출신인 것이 더 나은 것 같아요. 제 성장 과정에 결점은 있을지언정 적어도 겉치레는 없습니다. 저는 물건들에 중압감을 느낀다는 의미를 알게 되었어요. 그 집의 물질적인 분위기는 그야말로 압도적이었어요. 저는 제대로 숨을 쉴 수 없었고, 돌아오는 기차 안에서야 비로소 마음껏 숨을 쉴 수 있었지요. 모든 가구들은 우아하게 조각되고 장식되어 있었습니다. 제가 만난 사람들은 아름답게 차려 입고 낮은 목소리에 정중한 예의를 갖추었지요. 그러나 사실, 저는 그 곳에 도착해서 떠날 때까지 진실된 이야기를 한 번도 듣지 못했어요. 자신의 솔직한 의견이나 생각은 그 집 안으로 들어올 수 없나 봐요.

펜들턴 부인은 다른 어떤 생각도 하지 않고, 단지 보석과 재단사와 사교 모임 약속만 생각하세요. 그녀는 맥브라이드 부인과는 전혀 다른 어머니예요! 만일 제가 결혼해서 가정을 꾸린다면, 저는 맥브라이드 부인과 같은 어머니가 될 겁니다. 세상의 모든 돈을 소유한다 해도 저의 아이들을 펜들턴 가의 아이들처럼 키우지 않을 거예요. 아마 다른 사람의 집을 방문하고 그들을 비평하는 것은 공손하지 못한 일이겠지요. 그 점은 사과 드립니다. 그러나 이건 아저씨와 제가 주고받는 둘만의 이야기예요.

저비 도련님과 차를 한 번 마신 것 외에는 그와 개인적으로 얘기할 기회가 없었어요. 지난 여름에는 좋은 시간을 보냈는데, 이번에는 그러지 못해 조금 실망스러웠습니다. 저는 그가 친척들에게 많은 관심이 있다고는 생각하지 않아요. 그리고 그들 또한 그렇다고 확신해요! 줄리아의 어머니는 그가 불균형적이라고 말씀하셨어요. 그리고 그는 사회주의자랍니다. 다행히 머리를 기르거나 붉은색 끈으로 묶지는 않았지만요. 줄리아의 어머니는 그의 기묘한 생각들이 어디에서 나왔는지 알 수 없다고 하셨어요. 그 집안은 대대로 영국 교회에 다니고 있어요. 하지만 그는 요트나 자동차 또는 폴로 경기용 말 같은 분별 있는 곳에 돈을 쓰지 않고 개혁 같은 이상한 곳에 돈을 쓴답니다. 하지만 그는 사탕을 사기 위해 돈을 쓰기도 하는 걸요! 크리스마스 즈음이면 줄리아와 저에게 사탕 한 상자씩을 보내주는 분이에요!

저 역시 사회주의자가 될 것 같다는 생각이 들어요. 아저씨만 괜찮으시다면요. 아저씨, 괜찮지요? 사회주의자는 무정부주의자와는 매우 달라요. 그들은 폭탄을 던지는 등의 행위는 하지 않으니까요. 아마 저에게도 권리가 있을 거예요. 저는 프롤레타리아니까요. 그러나 아직 확실하게 결정하지는 못했습니다. 일요일에 그 문제를 곰곰이 생각해 보고, 다음 편지에 말씀드릴게요.

뉴욕에서 많은 극장과 호텔과 아름다운 저택들을 봤습니다. 제 마음은 마노와 도금되고 모자이크된 바닥과 야자나무들이 뒤범벅되

어 혼란스러워요. 아직도 숨이 가쁘긴 하지만 대학에 돌아와 다시 책을 보니 너무 기뻐요. 제가 정말 학생이라는 생각이 듭니다. 뉴욕보다 대학의 고요한 분위기가 더 좋거든요. 대학 생활이 매우 만족스러워요. 책과 공부와 수업은 정서적으로 생생한 활기를 주고, 정신적으로 피곤하면 체육관이나 운동장으로 나갈 수 있어요. 또 항상 비슷한 생각을 하는, 마음이 맞는 친구를 만날 수 있습니다. 우리는 저녁시간에 아무것도 하지 않고 단지 이야기만 나누다가, 마치 세계의 긴박한 문제를 해결한 것처럼 들뜬 기분으로 잠자리에 들지요. 그리고 틈만 나면 사소한 일들을 이야기합니다. 생각나는 일들에 대해 농담을 나누기도 하고요. 그건 매우 재미있는 일이에요. 우리는 우리의 익살스러움에 스스로 감탄하곤 하지요.

중요한 것은 큰 기쁨을 얻는 것이 아니에요. 작은 것에서 커다란 기쁨을 만들어 가는 거지요. 아저씨, 저는 행복의 비밀을 알게 되었어요. 그건 현재에 만족하며 살아가는 겁니다. 과거의 일을 영원히 후회하면서 살아가거나 미래의 일을 기대하거나 하는 것이 아니라, 현재 이 순간의 일에서 최대의 행복을 얻는 거예요. 그건 농업과 같아요. 조방 농업과 집약 농업이 있는 것과 같은 거지요. 저는 후자의 집약적인 생활을 하고 싶습니다. 저는 매 순간을 즐길 것이며, 제가 인생을 즐기며 살고 있다는 사실을 순간 순간 느끼려고 해요. 대부분의 사람들은 삶을 살아가는 것이 아니라 경주를 하고 있어요.

그들은 지평선을 지나 결승점에 도달하려 하고, 그 곳에 도착하려는 열기로 숨이 가빠서 헐떡거리느라, 옆을 지나가는 조용한 시골의 아름다운 모습을 놓쳐 버리곤 하지요. 그러다가, 결승점에 도달한 것과 그렇지 않은 것이 별 차이가 없고 중요한 것이 아니라는 사실을 깨닫게 되면, 그땐 이미 늙고 지쳐 버린 뒤예요. 저는 길가에 앉아 작은 행복들을 쌓아 가기로 마음먹었습니다. 비록 제가 위대한 작가가 되지 못하더라도요. 제가 철학자 같지 않나요?

아저씨의 영원한, 주디 올림.

PS. 비가 퍼붓네요. 두 마리의 강아지와 한 마리의 고양이가 지금 막 창턱에 앉았습니다.

친애하는 동지에게.

만세! 저는 페이비언주의자(점진주의자 : 역주)입니다.

페이비언주의자는 기꺼이 기다릴 줄 아는 사회주의자를 가리킵니다. 우리는 내일 당장 개혁이 이뤄지길 바라지 않습니다. 그건 너무 혼란스러운 일입니다. 우리는 모든 준비가 되어 있고, 충격을 받아들일 수 있도록 점진적인 개혁이 이루어지길 바랍니다.

그러는 동안 우리는 산업과 교육과 고아원 등을 개혁시키며 준비해야 합니다.

동지애를 보내며, 주디 올림.

월요일 3교시에 보냅니다.

2월 11일

D.L.L.께.

내용이 너무 짧다고 욕하지 마세요. 시험이 끝나면 바로 편지를 쓰겠다고 말씀드리려고 몇 자 적는 거니까요. 시험을 통과하는 것은 물론이고, 좋은 성적을 거둘 수 있도록 노력할게요. 저는 장학금을 받고 있으니 거기에 맞는 생활을 해야겠지요.

열심히 공부하고 있는, J.A. 올림.

3월 5일

키다리 아저씨께.

저녁에 카일러 학장님이 요즘 젊은 세대의 경박성과 천박성에 대해 연설하셨어요. 그는 우리가 예전 사람들이 갖고 있던 진지한 노력과 진정한 학구적인 태도를 잃어 가고 있다고 말했습니다. 이러한 현상은 특히 기존 권위에 대한 불손한 태도에서 잘 나타난다고 했어요. 우리가 이제 더 이상 윗사람들에게 존경을 표시하지 않는다는 뜻이지요.

저는 매우 냉정해져서 예배당을 나왔습니다.

아저씨, 제가 아저씨와 너무 허물없이 지내는 건가요? 더 정중하고 예의바르게 아저씨를 대해야 하는 게 아닐까요? 물론, 그렇지요. 그럼 편지를 다시 쓰겠습니다.

....

친애하는 스미스 씨께.

제가 중간고사와 기말고사를 잘 치르고 이제 새 학기 공부를 시작했다는 소식을 알려 드립니다. 저는 화학 공부를 정성 분석까지 마쳤고, 이제 생물학 공부를 시작합니다. 생물학 시간에 지렁이와 개구리를 해부한다는 얘기를 듣고 조금 망설이긴 했습니다.

지난주 예배 시간에는 남 프랑스에 남아 있는 로마 유적에 대한 흥미롭고 유익한 강연을 들었습니다. 지금까지 그 주제에 관해 이만큼 명확한 설명은 들어 보지 못했습니다.

영문학 시간에는 워즈워스의 『틴턴 수도원』을 읽고 있습니다. 정말 정교한 작품으로, 범신론에 대한 자신의 생각을 적절히 표현했습니다. 셸리, 바이런, 키이츠, 워즈워스 같은 시인의 작품으로 대표되는 19세기 초 낭만주의는 그 이전의 고전주의 작품보다 더 마음에 듭니다. 시에 대해 이야기하니 생각나는데, 혹시 테니슨의 『록슬리 홀』이라는 매력적인 작품을 읽어 보셨습니까?

최근에는 체육관에 규칙적으로 가고 있습니다. 학생 감사제도가 새로워져서, 규칙을 어기면 많은 불이익을 당하기 때문입니다. 체육관에는 시멘트와 대리석으로 만들어진 매우 아름다운 수영장이 있습니다. 졸업생이 기증한 것입니다. 룸메이트인 맥브라이드 양이 저에게 그녀의 수영복을 주었습니다. 수영복이 줄어들어 그녀가 더 이상 입을 수 없었기 때문입니다. 그래서 저도 수영 강습을 받을 생각입니다.

지난밤에 저희는 디저트로 맛있는 분홍색 아이스크림을 먹었습니다. 식물성 염료로만 색을 낸 것입니다. 저희 대학은 심미적이고 위생적인 이유를 들어 아닐린 염료의 사용을 금하고 있습니다.

최근 날씨는 아주 이상적입니다. 태양이 밝게 빛나고, 가끔은 구름이 끼어 약간의 눈보라가 날리기도 합니다. 저와 친구들은 강의실 건물 사이를 산책하는 것을 즐깁니다.

스미스 씨, 항상 건강하시기를 바랍니다.

제 마음을 담아, 제루샤 애벗 올림.

4월 24일

아저씨께.

봄이 왔어요! 캠퍼스가 얼마나 예쁜지 아저씨가 오셔서 직접 보셔야 하는데……. 지난 금요일 저비 도련님이 방문했습니다. 그런데 시간을 잘못 맞춰 오셨어요. 샐리와 줄리아 그리고 저는 기차를 타기 위해 나가던 중이었거든요. 우리가 어디로 갔는지 아세요? 프린스턴 대학으로요. 무도회에 참석하고 야구 경기를 보기 위해서였답니다. 아저씨께 미리 여쭤 보지 않은 것을 사과 드려요. 제가 가도 되는지 여쭤 보면 아저씨의 비서가 안 된다고 할 것 같았거든요. 하지만 우리는 규칙대로 했습니다. 대학의 허가를 받았고, 맥브라이드 부인이 저희와 함께 갔어요. 저희는 정말 재미있는 시간을 보냈답니다. 하지만 세부적인 일은 적지 않을게요. 너무도 많은 일이 있었고, 복잡한 일이어서요.

일요일

동이 트기 전에 일어났어요! 야간 경비원 아저씨가 우리를 깨워 주었지요. 우리는 여섯 명입니다. 우리 여섯 명은 오래된 그릇에 커피를 끓여 마셨고(커피 찌꺼기가 너무 많았어요!), 일출을 보기 위해 2마일을 걸어 원 트리 힐의 꼭대기까지 올라갔어요! 마지막 비탈길에서는 기어야만 했지요! 우리가 도착했을 땐 태양이 거의 나왔어요! 돌아왔을 땐 너무도 배가 고팠어요!

오늘은 감탄문이 많네요. 느낌표가 여기저기 뿌려져 있습니다.

프렉시의 새끼 고양이에요!
이 그림을 보면
앙고라 고양이가 어떻게
생겼는지 아실 거예요!

오늘 싹트기 시작한 나무와, 새롭게 석탄재를 깔아 만든 운동장과, 생물 시간에 있었던 일과, 호수에 있는 새 카누와, 폐렴에 걸린 캐서린 프렌티스와, 프렉시의 잃어버린 앙고라 고양이가 하녀에게 발견되기 전까지 2주 동안 퍼거슨관에서 살았던 일과, 새로 산 세 벌의 옷(흰색 옷, 분홍색 옷, 모자가 함께 있는 푸른색 물방울무늬 옷) 등 얘기할 것이 진짜 많지만 저는 지금 너무나 졸려요. 항상 이런 변명을 하네요. 그렇지요? 하지만 여자대학교는 너무 바쁜 곳이어서 그 날이 끝나면 정말 너무 피곤해요! 특히 동트기 전에 하루를 시작한 날은요.

애정을 다해서, 주디 올림.

5월 15일

키다리 아저씨께.

차에 탔을 때 다른 어느 누구도 보지 않고 앞만 바라보는 것이 예의 바른 행동인가요?

매우 아름다운 벨벳 드레스를 입은 매력적인 부인이 오늘 차 안에서 15분 동안 미동도 하지 않은 채 멜빵 바지 광고지만 보고 있었어요. 자기 자신만 중요하고 다른 사람들을 무시해도 괜찮다는 그런 태도는 좋지 않다고 봐요. 그러면 많은 것을 놓치게 되지요. 그녀가 그런 광고에 열중해 있는 동안, 저는 차 안에 가득한 흥미로운 사람들을 보았습니다.

같이 보낸 그림은 어떤 장면을 재연해 본 거예요. 마치 줄 끝에 매달린 거미처럼 보이지만, 전혀 아닙니다. 그건 제가 체육관 수영장에서 수영을 배우고 있는 모습이에요.

수영 강사는 제 벨트 뒤에 붙은 고리에 밧줄을 단 뒤 천장에 붙은 도르래로 그것을 움직이지요. 수영 강사의 성실함에 완전한 믿음만 있다면 그건 참 좋은 방법이에요. 하지만 저는 그녀가 밧줄을 놓아 버릴까 봐 두렵답니다. 그래서 한쪽 눈으로는 수영을 하고 또 다른 눈으로는 그녀를 바라보지요. 이렇게 두 가지 일에 신경 쓰니 수영이 늘 리가 없지요.

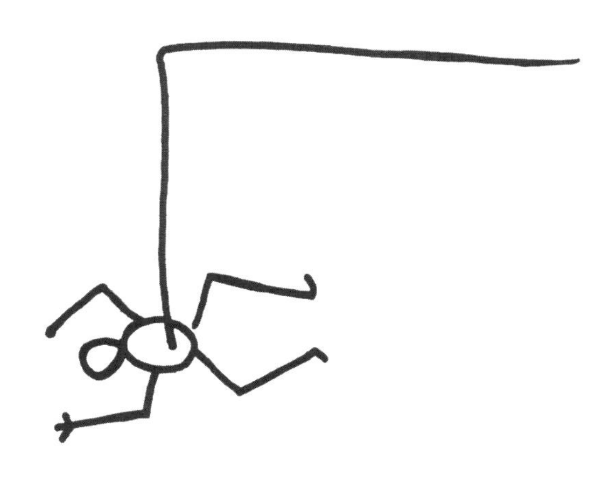

요즘 날씨 변화가 심하네요. 제가 편지를 쓰기 시작했을 때는 비가 왔었는데, 지금은 햇살이 비추고 있습니다. 샐리와 저는 테니스 경기를 하러 갈 거예요. 그러면 체육관에서 하는 수영으로부터 해방될 수 있으니까요.

일주일 뒤

이 편지를 오래 전에 끝냈어야 하는데 그렇지 못했어요. 제가 규칙적으로 편지를 쓰지 않아 화나신 건 아니겠지요? 저는 정말 아저씨께 편지 쓰는 일이 즐거워요. 그건 마치 저에게도 가족이 있는 것 같다는 생각이 들게 하거든요. 음, 무슨 말을 할까요? 아저씨는 제가 편지를 쓴 유일한 남자는 아니에요. 두 명이 더 있어요! 저는 이번 겨울 저비 도련님으로부터 아름다운 긴 편지를 받았답니다. 편지 봉투에는 타이프가 쳐 있어 줄리아는 그것이 저비 도련님에게서 온 편지라는 사실을 몰라요. 놀라운 일이지요? 그리고 거의 매주 보통의 노란 메모지에 갈겨 쓴 편지도 프린스턴으로부터 옵니다. 이 모두에 저는 신속하고 사무적으로 답장을 쓰지요. 저도 다른 여학생들과 별반 다르지 않아요. 편지를 받으니까요.

제가 졸업생 연극부의 회원으로 선출되었다는 사실을 얘기했었나요? 매우 우수한 그룹으로, 1000명 가운데 단지 75명만이 선출되었어요. 제가 그런 곳에 속해 있다는 사실에 대해 철저한 사회주의자로서 어떻게 생각하시나요?

현재 제가 사회학의 어떤 부분에 관심을 갖고 있는지 짐작하시겠어요? 바로 무의탁 아동 보호에 대해 글을 쓰고 있습니다. 교수님이 주제를 정해 섞은 뒤 무작위로 나누어 주셨는데 그 주제가 저에게 주어졌어요.

저녁식사 종이 울립니다. 나가면서 편지를 붙여야겠어요.

애정을 담아서, J. 올림

6월 4일

아저씨께.

매우 바쁜 시기입니다. 대학 졸업식이 열흘 뒤고, 시험이 내일이에요. 공부할 것도 많고, 싸야 할 짐도 많고, 밖은 너무도 아름다운데 안에서 머물러야 한다는 것이 안타까울 뿐이에요.

하지만 괜찮아요. 방학이 곧 시작되니까요. 줄리아는 이번 여름 방학 때 해외에 나간답니다. 이번이 네 번째라고 하네요. 재산은 공평하게 분배되지 않은 것이 확실해요. 샐리는 평소대로 애디론댁으로 갈 거예요. 저는 어디로 갈 것 같으세요? 세 곳을 추측하실 수 있을 거예요. 록 윌로우 농장이요? 아니에요. 샐리와 함께 애디록댁으로 갈 거냐고요? 그것도 아니에요. 그건 다시 시도조차 하지 않을 겁니다. 작년에 거절당했으니까요. 다른 곳은 떠올릴 수 없으신가요? 아저씨는 똑똑한 편은 아니신가 봐요. 아저씨, 반대하지 않겠다고 약속하신다면 말씀드릴게요. 먼저, 제 마음속으로 확실히 결정지었다고 아저씨 비서에게 말하고 싶네요.

저는 이번 여름에 찰스 패터슨 부인과 해변에서 지내면서, 가을에 대학에 입학하는 그녀의 딸을 개인 교습할 예정이에요. 맥브라이드 씨를 통해 패터슨 부인을 알게 되었는데, 그녀는 매우 매력적인 사람이에요. 그 곳에서 둘째 딸에게도 영어와 라틴어를 가르칠 예정이지만, 조금의 개인 시간을 가질 수 있고 한 달에 50달러나 되는 돈을 벌 수 있어요! 엄청난 돈이라고 생각하지 않으세요? 패터슨 부인이 그렇게 제시한 거예요. 저는 25달러 이상 받을 생각은 없었는데 말이죠.

저는 9월 1일에 그녀가 살고 있는 매그놀리아를 떠날 예정이어서 남은 3주간은 록 윌로우 농장에서 지낼 거예요. 저는 샘플 씨 부부가 보고싶고, 그 곳의 모든 동물들이 그립답니다.

저의 계획이 충격적인가요? 저는 점점 독립심이 강해지고 있어요. 아저씨가 저를 일으켜 세워 주셨으니, 이젠 저 스스로 걸을 수 있으리라 생각합니다.

프린스턴 대학의 졸업식은 우리 대학과 같은 날이에요. 안타깝게도 말이지요. 샐리와 저는 프린스턴 대학의 졸업식에 참석하고 싶었는데, 완전히 불가능한 일이 되어 버렸어요.

아저씨, 안녕히 계세요. 여름 즐겁게 보내시고요, 다음해 준비와 휴식을 위해 가을에는 회복되시길……(이건 아저씨가 저에게 하셔야 하는 말이네요!). 저는 아저씨가 여름에 무엇을 하실지, 또는 어떻게 즐겁게 지내실지 생각할 수 없습니다. 아저씨의 주변 환경을 상상할 수가 없거든요. 골프를 치시는지, 말을 타시는지, 아니면 그냥 햇볕에 앉아 명상에 잠기시는지…….

어쨌든, 무엇을 하든 즐거운 시간 보내시고 주디를 잊지 마세요.

6월 10일

아저씨께.

지금까지 쓴 편지 중에서 이번 편지가 가장 어렵습니다. 저는 무엇을 할지 결정했고, 다시 되돌릴 수 없습니다. 이번 여름에 저를 유럽에 보내 주신다니, 아저씨는 너무도 너그럽고 자상하신 분입니다. 잠시 동안 저는 그 생각에 흥분했었습니다. 그러나 다시 냉정하게 판단하건대, 그 제안을 거절합니다. 학비 받기를 거절했던 제가 단지 쾌락을 위해 돈을 받는다는 것은 비합리적이라고 생각하기 때문입니다. 그리고 저는 제가 너무 사치스러워져서는 안 된다고 생각합니다. 물론 제가 경험해 보지 못한 기회를 놓치고 싶지는 않습니다. 그러나 사람들이 당연히 그의 것 또는 그녀의 것(또 다른 대명사가 필요하네요)이라고 생각하게 된 것을 가진 후에, 그것 없이 살아가기란 참 힘든 일일 겁니다. 샐리, 줄리아와 함께 사는 것은 금욕주의 철학을 가지고 있는 저에겐 힘든 일입니다. 그들은 둘 다 아기였을 때부터 많은 것을 소유하고 있었고, 행복을 당연하게 받아들입니다. 그들은 세상에서 가지고 싶은 모든 것을 다 가질 수 있다고 생각합니다. 아마도 세상이 그들에게 빚이 있고 그것을 갚아야 한다고 인정하는 것 같습니다. 하지만 저 같은 경우는 처음부터 아무것도 가진 것이 없었습니다. 저는 제 신용만으로 빌릴 권리가 없습니다. 언젠가는 세상이 저의 요구를 거절할 때가 있을 테니까요.

마치 제가 은유의 바다에서 허우적대는 것처럼 보이네요. 그러나 아저씨가 제 의도를 알아 주시길 바랍니다. 아시겠지요? 어쨌든, 저는 이번 방학에 아이들을 가르쳐 제가 살아갈 돈을 버는 것이 가장 좋은 일이라고 확신합니다.

매그놀리아에서 나흘 후에

제가 편지를 쓰기 시작할 때 무슨 일이 일어났는지 아세요? 하녀가 저비 도련님의 명함을 가지고 왔어요. 그 역시 이번 여름에 외국 여행을 할 예정이랍니다. 줄리아나 그녀의 가족들과 함께가 아니라 저비 도련님 혼자서래요. 저도 아저씨가 저에게 소녀들을 돌봐주는 여성 보호자와 함께 외국에 다녀오라는 제안을 했다고 말했습니다. 그는 아저씨를 알고 있어요. 말하자면, 그는 저의 아버지 어머니가 돌아가셨고, 한 친절한 신사 분이 저를 대학에 보내 주셨다는 사실을 알고 있다는 거지요. 하지만 존 그리어 고아원과 다른 것들에 대해서는 말할 용기가 나지 않았어요. 그는 아저씨가 합법적인 우리 가족의 오랜 친구로서 저의 보호자 역할을 하고 있다고 생각하지요. 저는 아저씨를 모른다는 이야기를 하지 않았습니다. 그렇게 말하는 것은 참 우스운 일이니까요!

어쨌든, 저비 도련님은 저에게 유럽 여행을 꼭 가라고 권했어요. 그것은 교육에서 필요한 부분이므로 거절해서는 안 된다면서요. 그리고 자신도 같은 시기에 파리에 갈 것이며, 때로는 여성 보호자를 벗어나 둘이 함께 멋있고 이국적인 레스토랑에서 식사를 하자고 했지요.

그의 말이 마음에 와 닿았어요! 제 마음은 나약해졌고, 만일 그가 지나치게 독재적으로 말하지 않았다면 저는 아마 그의 말을 따랐을 겁니다. 저를 서서히 유혹할 수는 있지만, 강요하는 것은 싫어요. 그는 제가 바보 같고, 멍청하고, 비합리적이고, 비현실적이고, 백치 같고, 고집불통 아이 같다고 – 이것은 그가 사용한 욕의 일부입니다. 나머지는 기억이 나지 않아요 – 그리고 무엇이 자신을 위한 일인지 모른다고 말했어요. 그건 연세 드신 분이 판단하시도록 해야겠지요. 우리는 거의 말다툼을 했습니다. 아니 정말 말다툼을 했어요!

저는 재빨리 짐을 싸서 이 곳으로 와 버렸습니다. 제가 아저씨께 보낼 이 편지를 완성하기 전에 제가 건너왔던 다리들이 불타 버렸으면 하고 생각했어요. 그것들은 완전히 타버렸지요! 여기는 패터슨 부인의 별장인 클리프 탑이에요. 짐을 풀고 작은 딸 플로렌스와 제1명사격 변화를 공부하고 있습니다. 조금 고생을 해야 할 것 같아요! 그녀는 매우 드문 응석받이거든요. 저는 그녀에게 먼저 공부하는 방법을 가르쳐야 할 것 같아요. 그녀는 지금까지 아이스크림 소다를 먹는 것보다 더 어려운 일을 하기 위해 정신을 집중해 본 적이 없답니다.

우리의 공부방은 절벽의 구석에 있어요. 패터슨 부인은 제가 아이들을 데리고 밖에서 공부하길 바라시지요. 하지만 그렇게 하면 푸른 바다를 유람하는 배들 때문에 제가 집중할 수가 없어요! 그리고 배를 타고 해외 여행을 하고 있다면 하는 생각을 하게 될 거예요. 저는 다른 생각은 하지 않고 라틴 문법에만 집중하려 합니다.

전치사 a 또는 ab, absque, coram, cum, de, e
또는 ex, prae, pro, sine, tenus, in, subter, sub,
그리고 super 등은 탈격을 지배합니다.

제 눈에 비치는 끊임없는 유혹에 넘어가지 않기 위해 열심히 일하고 있어요. 아저씨의 뜻을 거역했다고 생각하지 마세요. 그리고 제가 아저씨의 친절함에 감사할 줄 모른다고 여기지 마세요. 저는 항상, 또 항상 아저씨께 감사 드리고 있답니다. 제가 아저씨께 보답하는 길은 매우 유능한 시민이 되는 거라고 생각해요. 참, 여자도 시민인가요? 갑자기 그렇지 않다는 생각이 드네요. 그럼, 유능한 사람이요. 어쨌든, 아저씨가 저를 보면 "내가 유능한 인재를 한 명 배출했구나"라고 말씀하실 수 있을 거예요.

참 멋진 이야기지요! 하지만 저는 아저씨를 속이는 것은 싫습니다. 가끔 저는 제가 뛰어난 사람이 아니라는 생각을 해요. 제 미래를 생각하고 계획하는 일은 재미있지만, 제가 평범한 사람들과 다른 뛰어난 사람이 되는 것은 조금 어려울 것 같아요. 아마 저는 기업가에게 시집을 가서 그가 일할 수 있도록 옆에서 도움을 주게 될지도 모르겠습니다.

아저씨의 영원한, 주디 올림.

8월 19일

키다리 아저씨께.

창 밖으로 너무도 아름다운 풍경이 펼쳐져 있어요. 바다 풍경이라고 하는 것이 낫겠네요. 물과 바위만 보이거든요.

여름이 지나갔습니다. 저는 아침 시간을 머리 나쁜 두 아이와 라틴어, 영어, 대수 공부를 하며 보냈어요. 메리언이 대학에 갈 수 있을지, 그리고 대학에 들어가더라도 그 곳에서 잘 지낼 수 있을지 의문이에요. 플로렌스는 가망이 없지만, 그녀는 정말 예뻐요! 저는 그들이 예쁘기 때문에 머리가 나쁘건 나쁘지 않건 그리 큰 문제가 되지 않는다고 생각해요. 남편들이 그들의 대화를 얼마나 지루해할

까라는 걱정이 들긴 하지만, 운 좋게 머리 나쁜 남편을 만날 수도 있잖아요. 그건 가능성이 매우 높은 일입니다. 이 세상은 머리 나쁜 남자들로 가득 차 있으니까요. 이번 여름에도 몇 명을 보았답니다.

오후가 되면 우리는 절벽 쪽을 산책하거나 날이 괜찮으면 수영을 해요. 저는 소금물에서 여유 있게 수영을 할 수 있지요. 교육 받은 것을 벌써 활용하고 있어요!

파리에서 저비 도련님이 다소 간결한 편지를 보내 왔어요. 아직도 그는 자신의 뜻에 따르지 않은 저를 완전히 용서하지 않았더군요. 하지만 그가 시간에 맞춰 돌아온다면, 대학 개강 전에 록 윌로우 농장에서 며칠 동안 볼 수 있을 거예요. 그때 제가 친절하고 기분 좋고 온순하게 그를 대한다면, 다시 호감을 살 수 있으리라 생각해요.

샐리로부터 편지를 받았습니다. 그녀는 9월의 2주 동안 자기네 캠프에서 지내자고 했어요. 혹시 제가 어디에서 지내야 하는지 아직 아저씨께 허락을 받아야 하나요? 아니라고 봅니다. 아저씨도 아시다시피 저는 이제 4학년이에요. 저는 여름에 열심히 일했고, 이제 유익한 기분 전환이 필요합니다. 저는 애디론댁을 보고 싶어요. 샐리도 만나고 싶고요. 그리고 샐리의 오빠도 보고 싶어요. 저에게 카누를 가르쳐 주기로 했거든요. 그리고 비열하긴 하지만 가장 큰 이유는 저비 도련님이 록 윌로우 농장에 도착해서 저를 찾을 때, 제가 그 곳에 없었으면 하기 때문이에요.

그가 저에게 명령을 내릴 수 없다는 사실을 알려 주고 싶습니다. 어느 누구도 저에게 명령을 할 수 없어요. 아저씨를 제외하고요. 하지만 아저씨도 항상 명령하실 수는 없을 거예요! 저는 숲으로 떠납니다.

주디 올림.

맥브라이드 캠프에서, 9월 6일

아저씨께.

아저씨의 편지가 제시간에 도착하지 않았습니다. 오히려 기쁜 일 같아요. 제가 아저씨의 지시를 따르길 바라신다면, 아저씨의 비서가 적어도 2주 전에는 소식을 전할 수 있도록 해 주세요. 보시다시피 저는 5일 전에 이 곳에 도착했거든요.

너무도 아름다운 숲과 즐거운 캠프와 화창한 날씨와 친절한 맥브라이드 식구들이 있고, 그것들로 인해 완전한 세상이에요. 저는 너무도 행복하답니다!

지미가 카누를 타러 가자며 저를 부르네요. 이만 줄여야겠어요. 아저씨의 지시를 따르지 못해 죄송합니다. 그런데 왜 아저씨는 제가 조금 즐기는 것에 대해 끈질기게 반대하시나요? 여름 내내 일을 했기에 2주 정도는 쉴 자격이 있다는 생각이 드는데……. 아저씨는 심술쟁이인 것 같아요.

어쨌든, 그런 아저씨의 결점에도 불구하고 저는 아저씨를 여전히 사랑해요.

주디 올림.

10월 3일

키다리 아저씨께.

대학으로 돌아왔고 4학년이 되었어요. 그리고 교내 월간지의 편집장이 되었습니다. 불과 4년 전에 존 그리어 고아원의 고아였던 제가 이렇게 세련되게 변할 줄은 몰랐어요. 제가 아주 빨리 미국 시민이 된 것 같아요!

어떻게 생각하세요? 록 윌로우 농장으로 붙여졌던 저비 도련님의 편지가 이 곳으로 왔습니다. 그는 이번 가을에 록 윌로우 농장에 갈 수 없다며 미안해했어요. 친구가 요트를 타러 가자고 해서 그렇게 하기로 했다는 거예요. 그러고는 저에게 여름을 잘 지냈기를 그리고 농장 생활을 즐기기를 바란다고 했어요.

그런데 저비 도련님은 이미 제가 맥브라이드 가족과 캠프에 간

것을 알고 있었어요. 줄리아가 말했거든요! 그렇게 술책을 쓰는 것은 여자들에게 맡겨야 해요. 남자들은 제대로 속이지 못하잖아요.

줄리아는 가방 가득 매혹적인 새 옷을 가져 왔습니다. 무지개색 리버티 크레이프로 만든 이브닝 드레스는 천국의 천사들이 입는 옷 같았어요. 저는 올해 저의 옷들이 전례 없이(이런 단어도 있나요?) 아름답다고 생각했어요. 저는 싼 양장점에 가서 패터슨 부인의 옷을 모방했는데, 똑같지는 않았지만 줄리아가 짐을 풀기 전까지 너무도 좋았답니다. 그리고 지금은 파리를 구경하고 있는 것 같아요!

아저씨, 아저씨는 여자가 아니라는 것이 기쁘지 않으세요? 우리 여자들이 옷에 대해 호들갑 떠는 것을 보고 꼭 바보 같다고 생각하실 거예요. 그렇습니다. 물론 그것은 의심할 여지가 없지요. 하지만 그것은 남자들의 책임이에요.

여자들의 불필요한 장식을 경멸하며, 감각적이고 실용적인 옷을 주장했던 학식 있는 한 교수님의 이야기를 들어 보셨나요? 교수의 부인은 남편의 말을 따라서 의상 개혁에 참여했는데, 어떤 일이 벌어졌는지 아세요? 그 교수는 어느 합창단의 한 소녀와 달아나 버렸답니다!

아저씨의 영원한, 주디 올림.

PS. 기숙사의 우리 층에서 일하는 하녀가 푸른색 체크무늬 무명 앞치마를 두르고 있어요. 저는 그녀에게 갈색 앞치마를 사 주고 푸른색 앞치마를 호수 바닥으로 던져 버릴 거예요. 그것을 볼 때마다 옛 일을 떠올리게 되어 냉기가 돌거든요.

11월 17일

키다리 아저씨께.

저의 문예 활동에 장애가 생겼습니다. 아저씨께 말씀을 드려야 할지 말아야 할지 모르겠지만, 아저씨께 동정을 받고 싶어요. 조용한 위로를요. 다음 편지에 이 일을 언급해서 다시 기억나게 하는 일은 피해 주세요.

저는 책을 써 왔습니다. 지난 겨울 저녁 동안 그리고 이번 여름에 두 명의 머리 나쁜 아이들을 가르치는 동안에요. 대학 개강 전에 그 일을 마쳤고, 출판사로 원고를 보냈지요. 두 달 동안 아무런 소식도 없길래 저는 원고가 채택되었다고 생각했어요. 그런데 어제 아침 속달로 꾸러미가 왔는데(30센트를 지불했습니다) 거기엔 원고가 들어 있었고, 아버지같이 친절하고 다정하게 그러면서도 매우 솔직하게 쓴 편집장의 편지가 동봉되어 있었어요! 그는 제가 아직 대학생이라는 사실을 주소를 통해 알았으며, 제가 충고를 받아들인다면 대학생일 때 공부에 전념하고 졸업 후에 글을 쓰기 시작하라고 말했습니다. 그리고 독자의 관점에서 쓴 글을 동봉했지요. 거기엔 이렇게 적혀 있었어요.

'줄거리가 비현실적임. 인물들이 너무 과장되었음. 대화가 부자연스러움. 유머는 많으나 항상 최선의 방법은 아님. 계속해서 노력한다면 좋은 책을 쓸 수 있을 것임.'

아저씨, 이건 그리 기분 좋은 말이 아니지요? 저는 미국 문학사에서 주목받을 만한 작품을 남겼다고 생각했어요. 졸업하기 전에 훌륭한 소설을 써서 아저씨를 놀라게 할 생각이었거든요. 그래서 줄리아의 집을 방문했던 작년 크리스마스 때 소설의 소재를 수집했지요. 하지만 그 편집장의 말이 맞는 것 같아요. 2주라는 시간은 대도시 사람들의 생활 습관과 예절을 관찰하기엔 정말 짧은 시간이에요.

저는 어제 오후 원고를 든 채 길을 걸었습니다. 가스 공장이 눈에 들어왔고, 그 곳에 있는 기술자에게 난로를 잠시 빌릴 수 있는지를 물었어요. 그는 친절하게도 문을 열어 주었고, 저는 제 손에 있던 원고를 난로 속으로 던져 버렸습니다. 마치 제 아이를 화장시키는 듯한 기분이 들었어요!

저는 어젯밤 너무 낙심한 채 잠자리에 들었어요. 제 자신이 쓸모 없는 인간이라는 느낌이 들었고, 아저씨가 그런 저에게 돈을 낭비하셨다는 생각이 들었지요. 그런데 아저씨, 어떻게 생각하세요?

아침에 일어나니 머릿속에 아름다운 구상이 새롭게 떠올랐고, 하루 종일 너무도 행복하게 새로운 인물들의 성격을 생각하며 지냈답니다. 어느 누구도 저를 염세주의자라고 말하진 않겠지요! 어느 날 갑자기 지진이 일어나서 한 명의 남편과 열두 명의 아이들을 잃는다 해도 저는 다음날 아침이면 벌떡 일어나 미소지으며 또 다른 가족들을 찾을 거예요.

애정을 담아서, 주디 올림.

12월 14일

키다리 아저씨께.

어젯밤 굉장히 재미있는 꿈을 꾸었어요. 제가 서점에 갔는데 점원이 『주디 애벗의 인생과 편지』라는 책을 주는 거예요. 저는 그 책을 분명하고 선명하게 볼 수 있었어요. 표지는 존 그리어 고아원의 사진이 박힌 빨간 천으로 둘러싸여 있었고, 표지를 넘기자 제 초상화와 그 아래에 '진실한 당신의, 주디 애벗'이라는 문구가 나왔지요. 그런데 마지막에 있는 제 비석의 비문을 읽으려는 순간, 그만 잠에서 깨고 말았지 뭐예요. 저는 무척 화가 났어요! 제가 누구와 결혼을 하고, 언제 죽는지 알 수 있었는데…….

정말로 모든 것을 다 알고 있는 작가가 완전히 진실만을 쓴 책이라면, 아저씨가 어떻게 살았는지 글로 읽을 수 있다면 흥미롭지 않을까요? 단 이런 조건 하에서만 책을 읽을 수 있다고 가정하고요. 절대로 그 내용을 잊을 수 없다! 그리고 모든 일이 어떻게 이루어지고 사건이 어떻게 벌어진 것인지 알고, 책에서 말한 그 시간에 정확히 그 일이 벌어지며, 심지어 예정된 시간에 죽는다! 만약 그렇다면 얼마나 많은 사람들이 그 책을 읽을 용기를 낼 수 있을까요? 삶을 살아가는데 아무런 희망도 없고 놀라운 일이 없다 해도, 그 책을 읽고 싶은 욕망을 억누를 수 있는 사람이 몇이나 될까요?

인생이라는 것은 단순한 게 최상입니다. 먹어야 하고, 잠을 자야 하고, 또 이것을 계속해야 하지요. 하지만 식사와 식사 사이에 매번 어떤 일도 벌어지지 않고 기대할 것도 없다면 삶이 얼마나 지루하고 단조로울지 상상해 보세요. 이런! 잉크 얼룩이 남고 말았지만, 저는 이미 세 장을 썼기 때문에 새 종이에 다시 쓸 수는 없네요.

올해 다시 생물학을 배우기로 했어요. 매우 재미있는 과목이지요. 우리는 지금 소화기관을 공부하고 있습니다. 현미경을 통해 보는 고양이의 십이지장 단면이 무척 예쁘답니다.

우리는 또 철학을 배우기 시작했어요. 흥미롭지만 순간적인 과목이지요. 저는 심의할 주제를 탁자 위에 핀으로 고정시킬 수 있는 생물학이 더 좋아요. 이런, 잉크가 또 떨어졌네요! 또 떨어졌어요!

이 펜은 눈물이 많은가 봐요. 눈물 자국을 용서해 주세요.

아저씨는 자유의지라는 것을 믿으세요? 저는 믿습니다. 저는 모든 행동이 어떤 원인 집합체의 필연적이고 자동적인 결과라고 말하는 철학자의 생각에 동의하지 않아요. 이것은 제가 들어 본 것 가운데 가장 비도덕적인 이론이에요. 어느 누가 어떤 일을 하든 책임지울 수 없다는 뜻이니까요. 만약 운명론을 믿는다면, 그냥 그 자리에 앉아서 "신이 모든 일을 결정하실 겁니다"라고 말하며 죽는 날을 기다리는 것과 같다고 할 수 있지요.

저는 제 자신의 자유의지와 성취 능력을 확실하게 믿습니다. 그것은 산을 움직일 수 있는 믿음이에요. 아저씨, 제가 위대한 작가가 되는 모습을 지켜봐 주세요! 저는 이미 새 책의 4장까지 썼고, 5장 이야기도 구상해 두었답니다.

오늘 편지는 매우 심오하네요. 혹시 머리가 아프신 건 아닌가요? 이제 그만 쓰고, 약간의 퍼지를 만들어야겠어요. 아저씨께 몇 개 보내 드리지 못해 아쉽네요. 그건 생크림과 3개의 버터를 가지고 만들기 때문에 정말 맛있는 퍼지가 될 거예요!

애정을 담아서, 주디 올림.

PS. 체육 수업 시간에 창작 무용을 했어요. 첨부한 그림을 보시면 우리가 얼마나 진짜 무용수 같았는지 아실 거예요. 끝에 발끝으로 돌고 있는 사람이 바로 저예요. 제가 한 겁니다.

12월 26일

사랑하는 아저씨께.

아저씨는 상식이 있으신 분인가요? 한 소녀에게 크리스마스 선물을 열일곱 가지나 보내시면 안 된다는 것을 모르세요? 저는 사회주의자라는 것을 기억해 두세요. 저를 금권주의자로 만드실 생각이신가요?

우리가 다투기라도 하면 얼마나 난처할지 생각해 보세요! 아저씨의 선물을 되돌려 드리려면 가구 운반차를 빌려야 할 겁니다.

제가 보내 드린 넥타이가 너무 형편없어 죄송해요. 제가 직접 짠 거라 그래요. 물론 본질적인 증거로 이미 아셨겠지만요. 몹시 추운 날 그 넥타이를 매시고, 코트 단추를 위까지 꼭 채우세요.

몇 번이고 몇 번이고 감사 드립니다. 아저씨는 그 누구보다도 상냥하신 분이세요. 그리고 어리석기도 하고요!

주디 올림.

여기 맥브라이드 캠프에서 발견한 네잎클로버가 있습니다. 새해에 행운을 가져다 줄 거예요.

1월 9일

아저씨, 영원히 구원받을 수 있는 일 하나를 해 보지 않으시겠어요? 여기 절망적인 상태에 놓인 가족이 있습니다. 어머니와 아버지 그리고 현재 네 명의 아이들이 함께 살고 있지요. 위의 두 아들은 돈을 벌겠다며 집을 나갔지만 한 푼도 보내지 않고 있어요. 아버지는 유리 공장에서 일했는데 그만 폐렴에 걸리고 말았지요. 건강에 매우 해로운 일을 하셨던 거예요. 그래서 지금은 병원에 입원해 계시지요. 이로 인해 가족들은 저축한 돈을 모두 써 버렸고, 가족의 부양 책임은 24세의 큰딸에게 맡겨졌습니다. 그녀는 매일 1달러 50센트를 받고 옷을 만들어요. 그것도 일이 있을 때만요. 그리고 저녁에는 탁자보에 수를 놓습니다. 어머니는 매우 나약하고 무능한 분으로, 신앙심만 깊지요. 큰딸은 과로와 책임과 걱정으로 죽을 지경인데, 어머니는 모든 것을 체념한 듯 그저 묵묵히 앉아만 계세요. 큰딸은 남은 겨울을 어떻게 보내야 할지 모르겠다고 하고, 저 또한 좋은 방법을 모르겠습니다. 100달러만 있으면 약간의 석탄과 세 명의 동생이 학교에 갈 때 신을 신발을 사고, 조금 남는 돈은 일거리가 없는 며칠 동안 죽 걱정을 하지 않게 해 줄 텐데.

아저씨는 제가 알고 있는 가장 부자이세요. 혹시 100달러를 기부해 주실 의향은 없으신가요? 지금 그 소녀는 제가 도움을 받았던

때보다 더욱더 도움이 필요한 상태입니다. 그 소녀만 아니었어도 이런 말은 하지 않았을 거예요. 저는 그녀의 어머니에게 무슨 일이 생기든 관심 없거든요. 그녀의 어머니는 의지라고는 전혀 없는 사람이니까요.

완전히 자포자기할 때가 아닌데도 그저 하늘만 보며 "이건 하늘의 뜻이겠지"라고 말하는 사람들을 보면 정말 화가 나요. 그것을 겸손이나 체념 또는 다른 무엇이라 말한다 해도, 제가 보기엔 단지 무기력한 타성에 지나지 않을 뿐이에요. 저는 좀더 적극적인 종교 활동이 좋아요!

우리는 요즘 철학 시간에 가장 어려운 공부를 하고 있어요. 내일은 쇼펜하우어에 대한 모든 것을 배우겠답니다. 교수님은 우리가 다른 과목도 배우고 있다는 사실을 모르시나 봐요. 그는 괴팍한 노인입니다. 머리를 구름 속에 넣고 다니다가 가끔 땅 위를 지나면 멍한 표정으로 어리둥절해하지요. 때로는 익살스러운 말로 수업을 즐겁게 하려고 하지만, 그리고 우리는 웃으려고 최선을 다하지만, 그의 유머는 전혀 우습지 않아요. 수업이 없을 때면 그 교수는 물질이 실제로 존재하는 것이냐 아니면 그것이 단지 존재한다고 생각만 하는 것이냐를 알아내는 데 시간을 씁니다.

바느질을 하는 소녀는 물질은 존재하는 것이라고 말할 거예요!

제 새 소설이 어디에 있는지 아세요? 바로 쓰레기통 속이에요.

그 작품은 좋지 않다고 생각해요. 작가가 그렇게 생각하는데, 비평적인 대중들은 뭐라고 말할까요?

며칠 후

아저씨, 저는 지금 고통스런 병실의 침대에서 편지를 쓰고 있어요. 편도선이 부어서 며칠째 누워 있거든요. 오로지 뜨거운 우유만 넘길 수 있답니다. "학생이 어렸을 때 부모님이 왜 편도선을 고쳐 주지 않았을까?" 의사 선생님은 그 이유를 알고 싶어하셨어요. 저도 잘 모르지만, 부모님이 저에게 관심이 많지 않으셨나 봅니다.

아저씨의 J.A.

다음날 아침

편지를 부치기 전에 다시 한 번 읽어 봤어요. 저는 제 자신이 왜 이렇게 인생을 석연치 않게 생각하는지 모르겠습니다. 아저씨께 저는 젊고 행복하며 생기 발랄하다는 것을 알려 드려요. 아저씨도 그러시리라 믿고요. 젊음이란 나이보다는 활발한 마음가짐과 관계 있으니까요. 그래서 아저씨의 머리가 백발이더라도, 여전히 소년일 수 있는 겁니다.

애정을 담아서, 주디 올림.

1월 12일

친애하는 자선가 선생님께.

어제, 아저씨가 보내 주신 수표를 받았습니다. 정말 감사 드려요! 저는 점심을 먹은 뒤 체육 수업을 빼먹고 바로 그 가족들에게 달려갔어요. 아저씨가 그 소녀의 얼굴을 보셨어야 하는데! 그녀는 매우 놀랐고 행복해했으며 안심이 되었는지 젊어 보였습니다. 이제 겨우 24세이니까요. 그녀가 가엾지 않으세요?

어쨌든 그녀는 이제 좋은 일만 계속해서 생긴다고 생각하고 있어요. 앞으로 두 달 동안은 안정적인 일거리도 있답니다. 누가 결혼을 하게 되어 혼수품을 만들고 있다고 하네요.

그녀의 어머니는 그 작은 종이가 100달러짜리 수표인 것을 알고는 "주님이시여, 감사합니다!"라고 외쳤어요.

"그건 주님이 한 일이 아니에요. 키다리 아저씨가 한 일입니다"라고 제가 말했지요. 그러고는 아저씨를 스미스 씨라고 소개했어요.

그러자 그녀의 어머니는 "그렇게 하도록 주님이 그에게 생각을

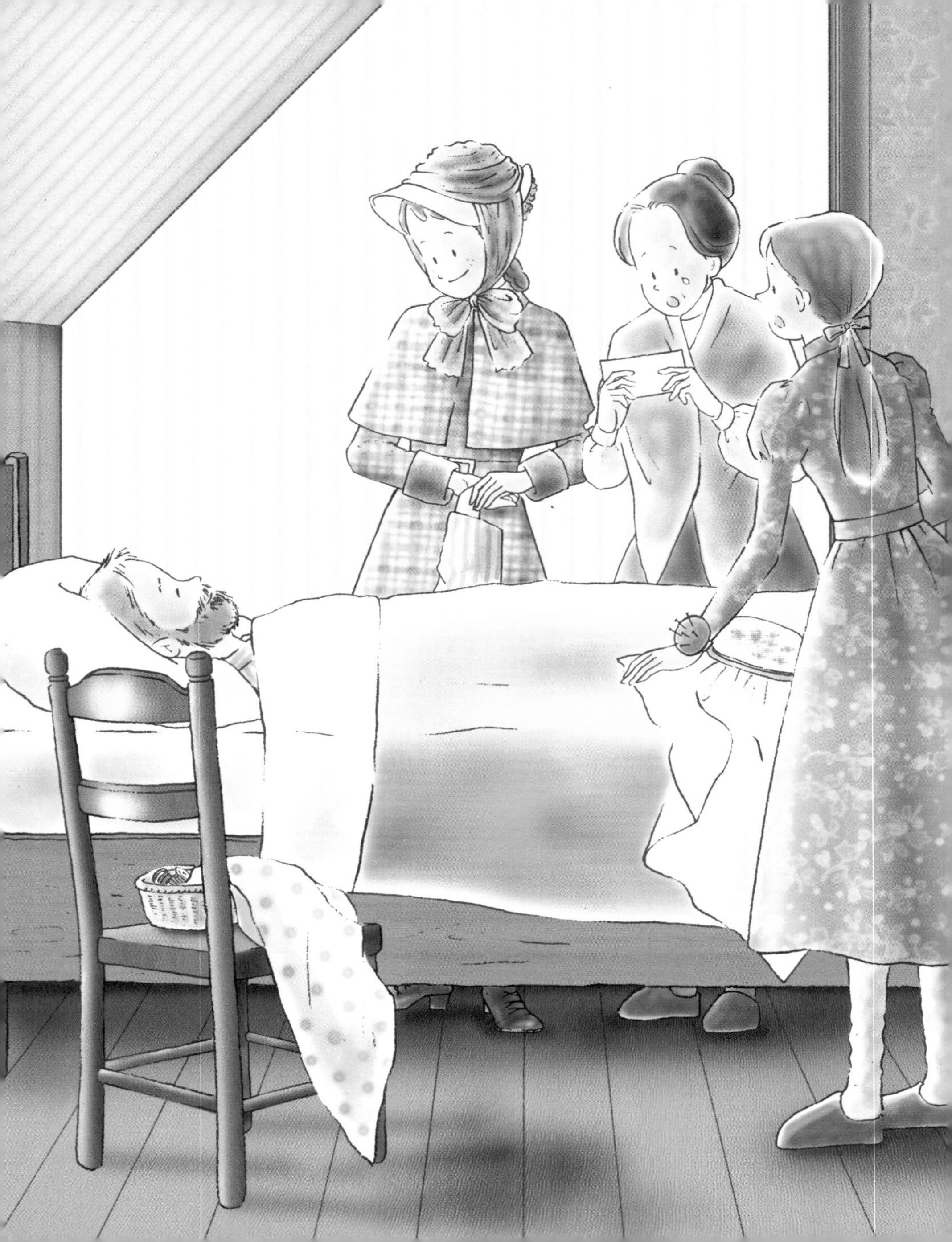

넣어 주신 거야"라고 말했습니다.

그래서 저는 "아뇨! 제가 그렇게 하시도록 한 겁니다"라고 말했어요.

어쨌든 아저씨, 저는 주님이 아저씨께 적당한 보상을 내리실 거라 믿어요. 아저씨는 연옥에서 세월을 보내진 않으실 거예요.

진심으로 감사 드리며, 주디 애벗 올림.

1월 15일

폐하께 아룁니다.

오늘 아침은 차가운 칠면조 파이 한 조각과 거위고기, 그리고 한 번도 마셔 본 적이 없는 중국차 한 잔을 시켰어요.

아저씨, 걱정 마세요. 제가 정신이 이상해진 것은 아니니까요. 새뮤얼 피프스의 글을 인용한 것뿐이에요. 우리는 영국사의 한 자료로써 그의 글을 읽었어요. 샐리, 줄리아 그리고 저는 1660년대의 언어로 이야기를 나누고 있답니다. 들어 보세요.

"해리슨 장군이 교수형 뒤 시체를 내려 다시 절단하는 것을 보기 위해 채링 크로스로 갔소. 그는 그런 처지에 놓인 사람치고는 기분이 좋아 보였소." 그리고 이런 말도 있어요. "발진티푸스로 세상을 떠난 오라버니를 위해 상복을 입은 아름다운 귀부인과 식사를 했소이다."

상복을 입고 다른 사람과 즐기기에는 너무 이른 게 아닐까요? 새뮤얼 피프스의 한 친구가 오래되어 썩은 식량을 가난한 사람들에게 팔아 빚을 갚겠다는 교활한 계획을 세웠다고 해요. 개혁가인 아저씨는 어떻게 생각하세요? 저는 신문에서 말하는 것처럼 요즘 세상이 그렇게 나쁘다고는 생각하지 않아요.

새뮤얼은 소녀들처럼 옷에 관심이 많았답니다. 그는 자신의 부인보다 5배나 많은 돈을 옷 사는 데 사용했대요. 남편들의 황금 시대였나 봐요. 이건 참 재미있는 글이지요? 그는 정말 정직하게 글을 썼어요. "오늘 금단추가 달린 캠렛 코트가 집으로 배달되어 왔소이다. 나는 그 많은 돈을 지불할 능력이 안 되기에 신에게 내가 그 돈을 지불할 수 있게 해 달라고 기도 드렸소."

피프스에 대한 이야기로 가득 채워 죄송해요. 요즘 그에 대한 글을 쓰고 있거든요.

아저씨는 어떻게 생각하세요? 학생자치회에서 10시면 불을 끄는 규칙을 없애기로 했답니다. 우리는 이제 자기가 원한다면 밤새 불을 켜 둘 수 있어요. 단, 이것은 요구되지요. 다른 사람을 방해해서는 안 된다! 대규모로 즐겨서는 안 된다! 그 결과 인간의 본성이 그대로 드러났습니다. 우리는 오랫동안 불을 켜고 안 잘 수 있는데도 그렇게 하지 않아요. 9시만 되면 졸음으로 고개가 떨어지기 시작하고, 9시 30분이면 펜이 손에서 힘없이 빠져 나가지요. 지금이 9시 30분입니다. 안녕히 주무세요.

일요일

교회에서 지금 돌아왔어요. 조지아 주에서 목사님이 오셨는데, 그는 우리가 감성적인 본능을 희생시키면서 지성을 발전시켜서는 안 된다고 말씀하셨어요. 하지만 그의 연설이 서툴고 무미건조하다고 생각하오(피프스의 말투예요). 미국에서 왔든 캐나다에서 왔든, 그리고 그들의 교파가 무엇이든 상관없이 우리는 항상 같은 설교를 듣게 되지요. 왜 그들은 남자대학에 가서 학생들에게 너무 열심히 공부하느라고 남성적인 본능을 파괴하는 일을 하지 말라는 이야기를 하지 않는 걸까요?

정말 아름다운 날이에요. 날씨는 쌀쌀하고 얼음이 얼었고 하늘은 청명합니다. 식사를 마친 뒤, 샐리와 줄리아 그리고 마티 킨, 엘리너 프랫(아저씨가 모르는 제 친구들이에요)과 함께 짧은 스커트를 입고 시골길을 걸어 크리스털 스프링 농장에 가서 저녁으로 닭튀김과 와플을 먹을 예정이에요. 돌아올 때는 크리스털 씨에게 사륜마차로 데려다 달라고 할 생각입니다. 7시까지는 돌아올 예정이었지만 한 시간 연장해서 8시까지 돌아올 거예요.

아저씨, 안녕히 계세요.

아저씨의 충성스럽고, 신의 있고, 성실하고, 순종적인 신하가 됨을 영광으로 생각하는, J. 애벗 올림.

3월 15일

이사님께.

내일은 이 달의 첫 번째 수요일입니다. 존 그리어 고아원에서는 끔찍한 하루지요. 사람들이 5시에 와서 아이들의 머리를 쓰다듬어 준 뒤 떠나면 안도의 한숨이 나와요! 아저씨도 개인적으로 제 머리를 쓰다듬어 주신 적이 있나요? 저는 기억이 나지 않아요. 단지 뚱뚱한 이사님들만 생각납니다.

아저씨, 제 사랑을 고아원에 전해 주세요. 저의 진정한 마음을요. 4년이란 아련한 시간을 지나 되돌아보니 그 시절이 그립다는 생각이 드네요. 제가 처음 대학에 왔을 때는 다른 소녀들이 가지고 있는 보통의 어린 시절을 빼앗긴 것 같아 분개했었어요. 하지만 지금은 그런 생각이 들지 않습니다. 그저 평범하지 않은 경험일 뿐이에요. 그 경험은 저에게 인생을 옆에서 바라볼 수 있는 이점을 주었지

요. 저는 이제 성숙해서 세상을 바라볼 수 있는 눈이 생겼지만, 부족한 것 없이 자란 사람들은 그런 능력이 없어요.

저는 자신이 행복하다는 사실을 모르는 소녀들(예를 들어 줄리아 같은)을 많이 알고 있어요. 그들의 감정은 행복에 익숙해져 메말라 버렸지만 저는 절대 그렇지 않아요. 저는 매순간 행복하다고 생각하지요. 그리고 어떤 불행한 일이 발생한다 해도 전혀 상관하지 않고, 행복한 느낌을 유지할 겁니다. 그 어떤 일도, 심지어 치통까지도 유쾌한 경험으로 여기며, 그 느낌을 알게 된 것에 기뻐할 거예요. 세상이 어찌되든, 제 운명을 받아들이겠습니다.

하지만 아저씨, 존 그리어 고아원에 대한 제 애정을 문자 그대로 받아들이지는 마세요. 만약 저에게 다섯 명의 아이가 있다면, 루소처럼 그들이 검소하게 자랄 수 있도록 고아원 계단에 내버리는 행동은 하지 않을 겁니다.

리펫 원장님께 안부를 전해 주세요. 이건 진심이에요. 사랑이라는 말은 좀 과장된 표현인 것 같아요. 그리고 제가 얼마나 아름다운 성품을 지니게 되었는지도 잊지 말고 전해 주세요.

애정을 담아서, 주디 올림.

록 윌로우 농장에서, 4월 4일

아저씨께.

우편의 소인을 보셨지요? 샐리와 저는 부활절 휴가 동안 이 곳에서 인격 수양을 하고 있습니다. 우리는 열흘 동안 조용히 지낼 수 있는 최선의 장소로 이 곳을 선택했어요. 우리는 퍼거슨관에서 더 이상 한 끼의 식사도 할 수 없을 정도로 예민해져 있습니다. 피곤한 몸을 이끌고 400명의 소녀들과 함께 식사를 하는 것은 그야말로 시련이에요. 그 곳은 너무 시끄러워서 손으로 확성기를 만들어 소리를 질러도 건너편 자리에 앉아 있는 친구가 그 소리를 전혀 알아들을 수 없답니다. 이건 사실이에요.

우리는 언덕길을 걷고 책을 읽고 글을 쓰면서 즐겁고 편안한 휴가를 보내고 있어요. 오늘 아침에는 저비 도련님과 제가 요리를 해 먹었던 스카이 언덕에 올랐습니다. 그것이 벌써 2년 전의 일이라니 믿어지지가 않아요. 그 곳 바위에는 아직도 지핀 불로 인해 까맣게 탄 흔적이 남아 있었어요. 어떤 사람과 관계 있는 특정 장소에 가면 그 사람이 자연스럽게 생각난다는 것은 참 우스운 일이에요. 저는 그가 곁에 없어서 외로웠습니다. 단 2분 동안만요.

제가 요즘 무엇을 하고 있는지 아세요? 아저씨는 제가 제멋대로라고 생각하실 거예요. 다시 책을 쓰고 있어요! 글 쓰기를 3주 전에 시작했고 매우 잘 나아가고 있지요. 비결을 알았어요! 저비 도련님과 편집장의 말이 맞았어요. 자신이 알고 있는 사실을 쓰는 것이 가장 확실합니다. 이번에는 제가 잘 알고 있는 내용을 쓰고 있어요. 하나도 남김없이 쓰고 있지요. 무엇에 대해 쓰고 있는지 아세요? 바로 존 그리어 고아원입니다! 저는 이번 글이 참 좋다고 생각해요. 그곳에서 매일 매일 생기는 사소한 일들을 적고 있으니까요. 저는 사실주의자가 되었어요. 낭만주의는 버렸지요. 그래도 모험 가득한 미래가 시작되면 다시 낭만주의로 돌아갈 겁니다.

이 책은 꼭 끝낼 거예요. 그리고 반드시 출간될 거예요! 그럴지 그렇지 못할지 두고 보세요. 아무리 어려운 일을 바란다 해도 계속해서 열심히 노력하면, 결국 그 일을 이룰 수 있다고 봐요. 그리고 저는 아직 희망을 버리지 않았습니다.

안녕히 계세요.

애정을 담아서, 주디 올림.

PS. 농장 소식을 전하는 걸 잊었네요. 매우 괴로운 일입니다. 아저씨, 감정의 동요를 원치 않으신다면 추신은 읽지 마세요.

불쌍한 늙은 그로브가 죽었어요. 그로브는 음식을 씹을 기운조차 없어서 사람들이 총으로 쏘아 죽였지요.

아홉 마리의 병아리가 족제비나 스컹크 또는 쥐들에 의해 지난 주에 죽었습니다.

소 한 마리가 아파서 본니리그 사거리에서 수의사 한 분을 모셔 왔어요. 아마사이가 밤을 세워 소에게 아마인유와 위스키를 먹였지요. 하지만 우리는 그 불쌍한 소가 아마인유만 먹었을 거라고 생각합니다.

감상적인 얼룩 고양이 토미가 사라졌어요. 그 고양이가 덫에 걸렸을까 봐 걱정이에요.

세상엔 정말 많은 문제가 있어요!

5월 17일

키다리 아저씨께.

펜만 봐도 어깨가 아파서 짧게 쓸게요. 하루 종일 강의 필기를 했고, 불후의 명작을 쓰느라 저녁 내내 글을 썼거든요.

다음 수요일로부터 3주 후면 졸업식이에요. 아저씨가 오셔서 얼굴을 뵐 수 있으리라 생각해요. 만일 그렇지 않다면 아저씨를 싫어하게 될 거예요! 줄리아는 친척인 저비 도련님을 초대했고, 샐리는 가족인 오빠 지미를 초대했는데, 그럼 저는 누구를 초대하지요? 오직 아저씨와 리펫 원장님뿐인데, 저는 원장님을 초대하고 싶지 않아요. 그러니 아저씨, 제발 와 주세요.

손가락에 경련이 일어남에도 불구하고 사랑을 담아서 글을 쓰고 있는, 주디 올림.

록 윌로우 농장에서, 6월 19일

키다리 아저씨께.

졸업을 했어요! 졸업장은 최고로 좋은 두 벌의 옷과 함께 서랍 안에 넣어 두었습니다. 졸업식은 평범하게 치러졌는데 중요한 순간에 비가 조금 내렸어요. 아저씨가 보내 주신 장미 감사 드립니다. 저비 도련님과 지미 역시 장미를 주었는데 그것은 욕조 안에 담아 두고, 아저씨가 보내 주신 장미를 들고 졸업행진을 했어요.

이번 여름은 이 곳 록 윌로우 농장에서 지낼 거예요. 어쩌면 영원히 이 곳에 있을지도 몰라요. 거주비가 저렴하고, 주변 환경도 집필하기에 아주 적합하거든요. 고군 분투하는 작가에게 무엇이 더 필요하겠어요? 저는 책을 쓰는 데 푹 빠져 있습니다. 깨어 있을 때는 그것만 생각하고, 꿈에서도 그 생각만 하지요. 제가 바라는 것은 평화로움과 조용함 그리고 일할 수 있는 많은 시간이에요. 가끔 영양가 있는 식사와 함께요.

저비 도련님이 8월의 한 주 동안 머물 예정이래요. 지미 맥브라이드도 여름에 잠시 들를 거고요. 그는 지금 채권회사에서 근무하는데, 은행에 채권을 팔기 위해 시골을 돌아다니고 있답니다. 코너스에 있는 파머스 내셔널 은행에 오는 길에 저를 만나러 올 예정이에요.

록 윌로우 농장이 사교적인 만남은 전혀 없는 곳이 아니라는 사실을 아실 거예요. 아저씨도 자동차를 가지고 오신다면 좋을 거라 생각하는데……. 물론 불가능한 희망이라는 것을 잘 알아요. 아저씨가 졸업식에 참석하지 않으셨을 때, 아저씨를 제 마음속에서 버리고 영원히 묻어 버렸습니다.

문학가, 주디 애벗 올림.

7월 24일

친애하는 키다리 아저씨께.

일하는 것이 재미있지 않으신가요? 아니면 아저씨는 일을 해 본 적이 없으신가요? 자기가 하고 있는 일이 세상의 다른 어떤 것보다도 하고 싶은 일일 경우 특히 재미있지요. 저는 이번 여름에 빠른 속도로 글을 쓰고 있어요. 제가 생각하고 있는 재미있고 소중하고 흥미로운 일들을 옮겨 적을 수 있는 하루가 너무 짧다는 것이 아쉬울 뿐입니다.

현재 두 번째 초안을 마쳤고, 내일 아침 7시 30분부터 세 번째 초안에 들어갈 예정이에요. 이 책은 지금껏 보지 못한 좋은 책이 될 겁니다. 이건 사실이에요. 저는 이것 말고 다른 것은 생각할 수도 없어요. 아침에 옷을 입고 식사를 하면서도 글 쓰기를 시작하고 싶다는 욕구를 가까스로 참지요. 그러고는 완전히 지쳐 몸이 후들거릴 때까지 글을 쓰고, 또 씁니다. 너무 지치면 콜린(새로 산 양치기 개예요)과 밖으로 나가 들을 뛰어다니며, 다음날 쓸 새로운 신선한 아이디어를 얻곤 하지요. 아저씨가 지금까지 본 책 가운데 가장 아름다운 책이 될 거예요. 이런, 죄송합니다. 이 말은 이미 했지요.

제가 너무 자만하는 것 같나요?

아니에요. 단지 제가 열정적으로 빠져 있을 뿐입니다. 아마 시간이 지나면 냉정해지고 코방귀를 끼며 비평하게 될지도 모르겠어요. 아니에요. 아닐 거라고 확신해요! 이번에는 진짜 책을 쓰고 있어요. 그 책을 볼 수 있을 때까지 기다려 주세요.

다른 이야기를 할게요. 아마사이와 캐리가 지난 5월에 결혼했다는 이야기를 안 했지요? 그들은 여전히 이 곳에서 일하고 있고, 제가 보기엔 결혼이 두 사람을 망친 것 같아요. 결혼 전에 캐리는 아마사이가 진흙으로 마루를 돌아다니거나 재를 떨어뜨려도 웃었는데, 이젠 잔소리만 해대요! 그리고 그녀는 머리에 더 이상 신경 쓰지 않는답니다. 융단의 먼지를 털거나 장작을 옮기거나 하는 일을 잘 도와 주던 아마사이도 이젠 불평을 해요. 그리고 그의 넥타이에는 때가 묻어 있고요. 예전에는 진홍색과 보라색이었던 것이 갈색과 검은색으로 변했어요. 저는 절대 결혼하지 않기로 마음먹었습니다. 확실히 결혼은 타락하는 길이에요.

농장에 새로운 소식이 많지가 않아요. 동물들도 모두 건강하지요. 돼지들은 눈에 띌 정도로 살이 쪘고, 소들도 좋아 보이며, 닭들은 알을 잘 낳습니다. 아저씨, 혹시 가축에 관심이 있으신가요? 그렇다면 「일 년에 한 마리의 암탉이 200개의 알을 낳도록 하는 방법」이라는 소책자를 추천해 드려요. 저도 다음 봄에는 부화기를 이용해 불고기용 영계를 한 번 길러 볼 생각이에요. 저는 록 윌로우 농장에 완전히 정착할 생각입니다. 안톤 트롤럽의 어머니처럼 114권의 소설을 쓸 때까지 여기에 머무를 거예요. 그리고 그 일이 완전히 마무리되면 은퇴해 여행을 다닐 겁니다.

제임스 맥브라이드 씨가 지난 일요일 우리와 함께 시간을 보냈어요. 점심에 닭튀김과 아이스크림을 먹었는데, 둘 다 맛있게 먹었지요. 저는 그를 만나는 것이 기뻤습니다. 그는 넓은 세상이 존재한다는 사실을 잠시 동안 생각나게 해 주었거든요. 가련한 지미는 채권을 파느라고 어려운 시간을 보내고 있었어요. 코너스에 있는 파머스 내셔널 은행은 6퍼센트 내지 7퍼센트의 이익이 남는데도 관심이 없답니다. 그는 이 일을 그만두고 우스터에 있는 집으로 돌아가 아버지의 공장에서 일할 거예요. 지미는 성공적인 금융업자가 되기에는 너무 개방적이고 솔직하며 친절하지요. 하지만 번영 중인 작업복 공장의 지배인은 매우 잘 어울릴 것 같아요. 그렇지 않나요? 지금 그는 작업복에서 고개를 돌리고 있지만, 언젠가는 그리로 돌아갈 거예요.

이 편지가 손 경련을 앓고 있는 사람이 쓴 편지라는 사실을 알아 주셨으면 좋겠어요. 하지만 저는 아저씨를 너무도 좋아하고, 또 매우 행복합니다. 제 옆에 사방이 모두 아름다운 경치와 많은 음식, 그리고 안락한 네 개의 기둥이 있는 침대와 다량의 새 종이와 잉크가 있어요. 더 이상 무엇이 필요하겠습니까?

항상 변함 없는, 아저씨의 주디 올림.

PS. 우체부가 새 소식 몇 가지를 가져 왔어요. 다음주 금요일에 저비 도련님이 와서 한 주 동안 지낼 거랍니다. 매우 기대가 돼요. 하지만 제 불쌍한 책은 고통받을 것 같아요. 그는 요구가 아주 많거든요.

8월 27일

키다리 아저씨께.

아저씨는 어디에 계신 거지요? 이 세상 어디에 아저씨가 계신지 모르지만, 이렇게 끔찍할 정도로 무더운 날씨에 뉴욕에 계시지는 않기를 바래요. 저는 아저씨가 산 정상에 있거나(스위스는 아니고 좀 더 가까운 곳에요) 하얀 눈을 보면서 저를 생각하시길 바란답니다. 아저씨, 제발 제 생각 좀 해 주세요. 저는 너무도 외로워서, 누군가 저를 생각해 주길 간절히 바라고 있어요. 아저씨, 저는 정말 아저씨를 알고 싶어요! 그럼 우리가 불행할 때 서로 위로해 줄 수 있을 텐데…….

더 이상 록 윌로우 농장에 머물 수 없을 것 같습니다. 옮길 생각이에요. 샐리는 이번 겨울에 보스턴에서 사회복지 일을 하게 되었답니다. 제가 그녀와 함께 그 곳으로 가는 것이 좋다고 생각하지 않으세요? 그럼 우리는 함께 지낼 수 있을 거예요. 그녀가 일하는 동안 저는 글을 쓰고, 저녁엔 함께 시간을 보내겠지요. 이야기할 사람이라곤 샘플 부부와 캐리, 아마사이밖에 없어서 저녁시간이 너무도 길게 느껴져요. 제가 옮기는 것을 좋아하지 않으시리라는 건 잘 알아요. 아저씨의 비서가 보낼 편지 내용을 알 수 있답니다.

제루샤 애벗 양에게.

스미스 씨는 아가씨가 록 윌로우 농장에 머무르는 것이 더 좋겠다고 하셨습니다.

엘머 H. 그리그스로부터.

저는 아저씨의 비서가 싫어요. 엘머 H. 그리그스라는 이름의 소유자는 매우 불쾌한 사람일 거라는 생각이 들어요. 하지만 아저씨, 저는 보스턴에 가야만 합니다. 더 이상 여기에 머물 수가 없어요. 만약 어떤 일이 생기지 않는다면, 저는 완전히 절망하여 곡식 저장 탑에 나 있는 구멍으로 제 몸을 던져 버리게 될 거예요.

이런! 너무 더워요. 모든 풀들이 불타 버렸고 개울은 말랐으며 길은 먼지로 뒤덮여 있습니다. 몇 주 동안 비가 내리지 않았어요.

이 편지를 읽어 보니 마치 제가 공수병에 걸린 것 같은데, 전혀 아니에요. 저는 단지 가족을 원할 뿐입니다.

제가 사랑하는 아저씨, 안녕히 계세요.

아저씨를 알고 싶어하는, 주디 올림.

록 윌로우 농장에서, 9월 19일

아저씨께.

아저씨의 충고가 필요한 일이 생겼어요. 세상의 다른 누구도 아닌 아저씨의 말이 듣고 싶어요. 아저씨를 한 번 뵐 수 없을까요? 글로 쓰는 것보다 직접 이야기하는 것이 더 쉬운 일이거든요. 그리고 아저씨의 비서가 편지를 뜯어 볼까 봐 걱정도 되고요.

주디 올림.

PS. 저는 매우 불행해요.

록 윌로우 농장에서, 10월 3일

키다리 아저씨께.

아저씨가 친필로 적으신 편지를 오늘 아침에 받았습니다. 조금 떨리는 글씨였어요. 아저씨가 아프시다니 제 마음도 몹시 아프네요. 만일 제가 미리 알았더라면 제 일로 아저씨를 괴롭히지는 않았을 텐데……. 네, 이제 제 문제를 아저씨께 말씀드리겠습니다. 하지만 이 일은 글로 적기엔 너무도 복잡하고 매우 개인적인 문제예요. 그러니 이 편지를 가지고 계시지 말고, 불 태워 버려 주세요.

이야기를 시작하기 전에, 여기 1000달러짜리 수표가 있습니다. 제가 아저씨께 이런 돈을 보내다니 참 우스운 일이지요? 그 돈이 어디에서 났다고 생각하세요?

아저씨, 제가 드디어 저의 이야기를 팔았답니다. 7회로 연재될 예정이고, 그 후엔 책으로 출간될 거예요! 아저씨는 제가 무척 기뻐할 거라 생각하시겠지만, 아니에요. 저는 완전히 무감각해져 있거든요. 물론 아저씨께 돈을 갚을 수 있게 되어 기뻐요. 아저씨께 빚진 돈이 2000달러가 좀 넘지요? 그 돈은 나누어 갚을게요. 제가 돈을 드리는 것에 대해 언짢게 생각하지 마세요. 아저씨께 돈을 드리게 되어 말할 수 없이 기쁘니까요. 그리고 저는 아저씨께 돈보다 더 값진 많은 것들을 빚졌습니다. 그것들은 살아가면서 평생 감사와 애정으로 갚아 나갈게요.

아저씨, 이제 다른 이야기를 하겠습니다. 제 감정은 상관하지 마시고 저에게 아저씨의 생각을 있는 그대로 말씀해 주세요.

제가 아저씨께 항상 특별한 감정을 가지고 있었다는 건 알고 계시지요? 아저씨는 가족 전체를 대신해 주셨으니까요. 그런데 제가 혹시 다른 남자에게 더욱 특별한 감정을 가지고 있다고 말한다면 아저씨의 마음이 상하지 않으실까요? 그가 누구인지 어렵지 않게 아실 수 있을 거예요. 오랜 시간 동안 저비 도련님에 대한 이야기로 편지를 가득 채웠으니까요.

저는 그가 어떤 사람이며 우리가 얼마나 잘 어울리는지 말씀드리고 싶었어요. 우리는 모든 일을 똑같이 생각하지요. 때론 제가 그의 생각에 맞추려는 경향도 있어요! 하지만 항상 그의 말이 옳습니다. 그도 그럴 것이 그는 저보다 14년이나 먼저 인생을 시작했으니까요. 하지만 어떤 면에서 그는 키가 부쩍 커 버린 소년에 불과해서, 돌봐 줄 사람이 필요하지요. 비가 올 때 장화 신는 것도 모른답니다. 그와 저는 항상 같은 일에 즐거워하며, 그런 일이 많은 편이에요. 두 사람의 유머 감각이 상반된다면 끔찍한 일일 거예요. 그 깊은 틈을 연결시켜 줄 만한 다리는 없을 겁니다!

그리고 그는 – 이런! 그는 그 일뿐이에요. 그리고 저는 그가 그립고, 그립고, 또 그리워요. 이 세상이 텅 빈 것 같고 고통으로 가득 차 있어요. 달빛은 너무도 아름다운데 그가 이 곳에서 저와 함께 달을 볼 수 없어서 달빛이 싫습니다. 아저씨도 아마 누군가를 사랑해 보셨기에 제 마음을 이해하실 수 있겠지요? 그런 경험이 있으시다면 설명할 필요가 없을 테고, 그런 경험이 없으시다면 뭐라고 설명드릴 수가 없습니다.

어쨌든 이것이 제 마음이에요. 하지만 저는 그의 청혼을 거절했습니다.

그에게 이유는 말하지 않았어요. 저는 아무 말도 하지 못했고 비참한 기분만 들었지요. 할 말이 전혀 생각나지 않았어요. 그런데 그는 제가 지미 맥브라이드와 결혼하길 바란다고 생각하며 떠났습니다. 저는 지미 맥브라이드와 결혼할 생각을 한 번도 해 본 적이 없어요. 그는 아직 완전히 성숙하지도 않았는걸요. 하지만 저비 도련님과 저는 무서운 오해로 뒤범벅되어 버렸고, 우리는 서로에게 상처를 주고 말았지요. 그를 떠나 보낸 이유는 그를 좋아하지 않아서가 아니라 그를 너무 좋아하기 때문입니다. 저는 미래에 그가 결혼한 것을 후회할까 봐 두려워요. 그럼 저는 견딜 수 없을 거예요! 저처럼 가족 한 명 없는 고아가 펜들턴 가 사람과 결혼한다는 것은 옳지 못한 일인 것 같아요. 저는 고아원에 대해 말한 적이 없었고, 그에게 저의 태생을 모른다는 말을 하고 싶지 않았어요. 아마 무시무시한 집안일 거예요. 그의 가족들은 아주 자존심이 강합니다. 그리고 저도 자존심이 강하고요!

또한 저는 아저씨에게 의무감을 느끼고 있어요. 작가가 되기 위해 교육을 받았으니, 적어도 그렇게 되려고 노력해야 할 거예요. 교육을 받고 그 길을 벗어나 다른 길로 간다는 것은 옳지 않은 일이지요. 하지만 지금은 돈을 갚을 수 있게 되었고, 그래서 빚의 일부분을 갚은 듯한 느낌이 듭니다. 게다가 결혼을 한다 해도 작가 활동은 계속할 수 있을 거예요. 두 직업이 반드시 상반되는 것은 아니니까요.

저는 이 모든 것에 대해 매우 곰곰이 생각해 보았습니다. 물론 저비 도련님은 사회주의자이고, 인습에 사로잡혀 있지 않아요. 아마 그는 다른 사람들이 생각하는 것과 달리 프롤레타리아와 결혼하는 것을 꺼려하지 않을 거예요. 만일 두 사람의 마음이 일치하고, 둘이 있으면 항상 행복하고, 떨어져 있으면 외로움을 느낀다면, 그 둘 사이를 가로막는 어떤 것도 존재하지 않을 겁니다. 물론 저는 그것을 믿고 싶어요! 하지만 저는 감정에 치우치지 않은 아저씨의 의견을 듣고 싶어요. 아저씨도 아마 가족이 있으실 테니, 동정적인 인간의 관점이 아닌 현실적인 관점에서 평가해 주실 수 있을 거라 믿어요. 아저씨께 이런 일을 이야기하다니 제가 얼마나 용감한지 충분히 아시겠지요?

제가 그에게 가서 문제는 지미가 아니라 존 그리어 고아원이라고 설명한다면……. 제가 그런 말을 한다는 것 자체가 참 끔찍하지 않나요? 그러기 위해서는 정말 많은 용기가 필요합니다. 저는 차라리 남은 인생을 비참하게 보내는 편이 낫다고 생각해요. 이 일은 두 달 전에 일어났어요. 그리고 이 곳에 머문 이후로 그의 소식을 한 마디도 듣지 못했지요. 상처받은 마음에 익숙해져 가고 있었는데, 줄리아에게서 온 편지가 다시 제 마음을 흔들어 놓았습니다. 그녀는 아무 생각 없이 '저비스 삼촌' 이 캐나다에서 사냥을 하다 밤새 폭풍우를 만났고, 그로 인해 폐렴에 걸려 지금 앓고 있는 중이라고 말했어요. 저는 그 사실을 전혀 몰랐습니다. 한 마디 말도 없이 사라져서 마음이 아팠을 뿐이에요. 저는 그가 지금 매우 불행할 것이라고 생각해요. 저도 그렇고요!

제가 어떻게 해야 할까요?

주디 올림.

10월 6일

사랑하는 키다리 아저씨께.

당연히 저는 갈 겁니다. 다음주 수요일 4시 30분에 갈 거예요. 물론 길을 찾을 수 있어요. 저는 뉴욕에 세 번 가 봤고 어린아이도 아닌 걸요. 제가 아저씨를 진짜 뵐 수 있다는 사실이 믿어지지가 않아요. 저는 오랫동안 아저씨를 상상만 해 와서 아저씨가 실제로 존재하는 사람이라고 생각하기가 어렵답니다.

몸도 좋지 않으신데 제 일까지 신경을 쓰시다니, 아저씨는 정말 좋은 분이세요. 감기 걸리지 않게 조심하세요. 이런 가을비는 너무 습하거든요.

애정을 담아서, 주디 올림.

PS. 두려운 생각이 하나 들었어요. 아저씨 댁에 집사가 있지요? 저는 집사가 두려워요. 그가 문을 열면 아마 저는 계단에서 기절할지도 몰라요. 그에게 뭐라고 하면 되지요? 아저씨는 아직 저에게 이름을 말씀해 주시지 않았어요. 스미스 씨를 찾으면 되나요?

제가 제일 사랑하는 저비 도련님, 키다리 아저씨, 펜들턴 스미스 씨께.

어젯밤에 잘 주무셨나요? 저는 한숨도 못 잤습니다. 단 한숨도 자지 못했어요! 너무 놀란 데다 무척 흥분했고 어리둥절했으며, 또 행복했기 때문입니다. 제가 다시 잠을 자거나, 먹을 수 있을 거라 생각하지 않습니다. 하지만 당신은 잠을 잘 이루셨기를 바랍니다. 그래야 병이 빨리 낳아서 저에게 올 수 있으니까요.

사랑하는 이여, 저는 당신이 얼마나 아팠는지를 생각하면 참을 수가 없습니다. 저는 그 동안 아무것도 몰랐습니다. 어제 의사 선생님이 저를 차에 태워 주시며, 당신이 사흘 동안 의식이 없어서 포기했었다고 말했습니다. 만일 그런 일이 생겼다면 저를 비추는 세상의 빛은 사라져 버렸을 겁니다. 언젠가, 먼 미래에 우리 둘 중에 한 명이 다른 한 명의 곁을 떠나게 될 겁니다. 하지만 그때는 적어도 우리가 함께 지내며 행복했던 순간들을 기억할 수 있을 겁니다.

제가 당신을 위로해 드리려 했는데, 대신 제 자신을 위로해야겠습니다. 제가 꿈꿔 왔던 것보다 더 행복함에도 불구하고, 더욱 많이 긴장해 있습니다. 당신에게 무슨 일이 일어날 것 같은 두려움이 제 마음속에 어두운 그림자로 드리워져 있습니다. 예전에는 잃어버릴 것이 하나도 없었기에 항상 근심 걱정 없이 명랑하게 살 수 있었습니다. 하지만 지금은, 제 남은 인생 동안 커다란 걱정거리가 하나 생겼습니다. 당신이 제 곁에 없을 땐 언제나, 자동차 사고가 나지 않을까, 간판이 당신의 머리 위로 떨어지진 않을까, 꿈틀거리는 병균들이 당신을 삼켜 버리진 않을까 걱정을 하게 될 겁니다. 제 마음의 평화는 영원히 사라졌지만, 저는 평범한 평화는 바라지 않습니다!

제발 빨리 빨리 빨리 건강해지세요. 저는 당신을 곁에 두고 직접 만져 보면서 당신의 실체를 확인하고 싶습니다. 우리가 함께한 시간은 30분뿐이었습니다! 저는 그것이 꿈이었을까 봐 두렵습니다. 제가 당신의 친척 가운데 한 명(아주 먼 친척이라도 상관없어요)이라면 매일 당신을 찾아가 큰소리로 책을 읽어 주고, 베개를 다시 정리해 주고, 이마에 있는 두 개의 주름을 펴 주고, 입가에 환한 밝은 웃음을 지을 수 있도록 해 줄 수 있을 텐데……. 그래도 기운이 많이 나셨지요? 어제 제가 떠나기 전에는 좀 좋아 보이셨거든요. 의사 선생님이 저에게 아주 훌륭한 간호사라며, 당신이 10년은 더 젊어 보인다고 하셨습니다. 사랑하는 사람이 모두들 10년씩 더 젊어진다면 곤란해질 겁니다. 제가 만일 11세로 돌아간다 해도 여전히 저를 좋아하실 건가요?

어제는 정말 제 생애 최고의 날이었습니다. 제가 99세까지 산다 해도 그 날의 사소한 일들을 잊을 수 없을 겁니다. 새벽에 록 윌로우 농장을 떠난 소녀가 밤에 다시 돌아왔을 때는 전혀 다른 사람이 되어 있었으니까요. 샘플 부인이 새벽 4시 30분에 저를 깨워 주셨습니다. 어둠 속에서 눈을 번쩍 뜨자마자 머릿속으로 '키다리 아저씨를 만날 수 있어!' 라는 생각을 했습니다. 촛불을 켜고 아침을 먹은 뒤, 마차를 타고 찬란한 10월의 아름다움을 느끼며 역까지 5마일을 갔습니다. 가는 도중에 해가 떠올랐고, 습지의 단풍나무와 층층나무는 진홍색과 오렌지색으로 빛났으며, 돌담과 옥수수밭은 서리로 덮여 반짝반짝 빛났습니다. 공기는 쌀쌀하지만 맑았으며 희망으로 가득 차 있었습니다. 저는 무슨 일이 생길 거라는 사실을 알았습니다. 기차 안에서도 기찻길이 "너는 키다리 아저씨를 만나게 될 거야"라고 노래하는 소리가 들렸고, 저는 매우 안심이 되었습니다. 아저씨가 일 처리를 확실하게 해 주시리라는 믿음이 있었으니까요. 그리고 어딘가에서 또 다른 한 사람이, 아저씨보다 더 그리운 사람이 저를 만나길 바란다는 사실을 알고 있었으니까요. 그리고 이 여행이 끝나기 전에 그를 만날 수 있을 것 같다는 느낌이 들었습니다. 그 날 제 예감처럼 당신을 보았습니다!

제가 매디슨 거리에 있는 집에 다다랐을 때 그 갈색 집이 너무도 커서 감히 들어갈 엄두가 나지 않았습니다. 그래서 용기가 날 때까지 주위를 맴돌았습니다. 하지만 조금도 겁낼 필요가 없었습니다. 아저씨 집의 집사는 너무도 친절했고, 마치 아버지와 같아서 금새 마음이 편안해졌습니다. "애벗 양이세요?" 집사가 물었습니다. 저는 "네, 그렇습니다"라고만 대답하고 스미스 씨에 대해서는 한 마디도 하지 않았습니다. 그는 저를 응접실에서 기다리게 했습니다. 그곳은 매우 어둡고 웅장해서 남성적인 느낌이었습니다. 저는 천을 씌운 소파 가장자리에 앉아 혼잣말을 했습니다.

"난 이제 키다리 아저씨를 만날 거야! 난 이제 키다리 아저씨를 만날 거야!"

곧 집사가 돌아왔고 서재로 올라가자고 했습니다. 정말 너무 흥분되고 긴장되어 다리가 잘 움직이지 않습니다. 서재 문 앞에서 집사가 저에게 돌아서더니 조용히 말했습니다. "애벗 양, 그는 매우 편찮으세요. 오늘 처음 그가 앉을 수 있도록 허락받았어요. 그가 흥분하지 않게 너무 오랫동안 머물지는 마세요." 집사의 말을 통해 그가 얼마나 아저씨를 사랑하는지 알 수 있었습니다. 그는 정말 좋은 사람이에요!

집사는 노크를 한 뒤 "애벗 양입니다"라고 말했고, 문을 열어 제가 들어갈 수 있도록 비켜 선 뒤 문을 닫았습니다.

밝은 조명 빛의 홀에 있다가 어두운 곳으로 들어서니 잠시 동안 아무것도 볼 수 없었습니다. 잠시 뒤 난로 앞의 커다란 안락의자와 좀 작은 의자가 놓인 빛나는 탁자가 보였습니다. 그리고 무릎에 담요를 덮고 머리에 베개를 받친 채 안락의자에 앉아 있는 한 남자가

보였습니다. 제가 말리기도 전에 그가 조금 비틀거리며 일어섰고, 의자에 몸을 기댄 채 서서는 말없이 저를 바라보았습니다. 그리고 바로 그때, 그때 저는 그가 당신이란 것을 알았습니다! 하지만 그때까지도 저는 알지 못했습니다. 아저씨가 저를 놀라게 해 주려고 당신을 데려 온 줄로만 알았으니까요.

당신은 웃으면서 손을 내밀며 말했습니다.

"귀여운 주디, 내가 키다리 아저씨일 거라고 짐작하지 못했니?"

순간 제 머릿속에 지난 일들이 번개처럼 스쳐 지나갔습니다. 오, 정말 바보 같아요! 제가 조금만 지혜로웠다면 알 수 있었을 텐데……. 저는 좋은 탐정은 되지 못할 것 같습니다. 그렇지요, 아저씨? 저비? 뭐라고 불러야 하지요? 저비라고 부른다면 너무 무례한 것 같아요. 저는 당신께 무례하게 굴고 싶지 않습니다!

달콤한 30분이 지나고 의사 선생님이 저를 돌려 보내기 위해 왔습니다. 저는 너무 멍한 나머지 기차역에서 세인트루이스로 갈 뻔했습니다. 당신도 멍하셨지요? 저에게 차 한 잔 주는 것도 잊었으니까요! 하지만 우리 둘 다 너무, 너무, 너무 행복했습니다. 그렇지요? 저는 어두워져서야 록 윌로우 농장으로 돌아올 수 있었답니다. 별들은 너무도 찬란하게 빛나고 있었습니다! 그리고 오늘 아침 저는 콜린을 데리고 당신과 함께 갔던 모든 곳을 돌아보며, 당신이 한 말들과 그때 당신의 모습을 떠올렸습니다. 오늘 숲은 청동색으로 빛나고, 공기는 서리로 가득 차 있습니다. 등산하기 좋은 날씨입니다. 저는 당신과 이 곳에서 산을 오르게 되길 바랍니다. 당신이 너무도 그립습니다. 하지만 사랑하는 저비, 이 그리운 마음도 행복입니다. 우리는 곧 함께 지내게 될 테니까요. 우리는 지금 아무 거짓없이 진실되게 서로에게 속해 있습니다. 누군가에게 속한다는 것은 참 이상한 느낌 아닌가요? 그건 정말이지 아주 달콤합니다.

이제 저는 조금이라도 당신을 서운하게 하지 않을 겁니다.

예전에도 그리고 앞으로도 당신의 영원한, 주디 올림.

PS. 이 편지는 제가 처음 쓰는 러브레터입니다. 제가 이런 편지를 쓸 줄 안다니, 우습지 않나요?

The End